접시를 줍는 여자

작가의 말

실화(實話) 바탕 단편소설 아홉 편을 골랐다.
누군가의 아픔이기에 넣고 빼서 얼굴을 가렸다.

의도하지 않았어도 남을 아프게 할 수 있다.
선의(善意)마저도 비수가 되어서 가슴을 찌른다.

뭔가를 내려놓는 것도 결코 쉬운 일은 아니다.

"힘들고 괴로울 때, 최상의 위안은
자기보다 더 고통받는 존재를 바라보는 일이다."
— 쇼펜하우어

목차

작가의 말

란(卵) _ 006

접시를 줍는 여자 _ 040

참고인 _ 072

밥은 꽃보다 무겁다 _ 102

여든여덟 이후에도 _ 136

올챙이 수송 작전 _ 168

누군가는 _ 200

알파고 _ 236

경계인의 고백 _ 268

란(卵)

『한국소설』 2022년 11월에

꿈속에 나타났던 두 얼굴이 머릿속을 어지럽힌다. 남자의 얼굴은 준호가 틀림없다. 거울에 비치는 모습을 볼 뿐 실물을 직접 본 적이 한 번도 없는 자신의 얼굴보다 익숙한 얼굴이다. 구김살 하나 없는 환한 미소에 반했다. 아이처럼 순진한 눈빛에 빠져들었다. 그를 떠올리는 것만으로도 정신이 몽롱해지곤 했다. 머리를 어깨에 기대는 버릇은 아마도 그래서 생겼는지 모르겠다. 하지만 이제 그의 눈을 마주 볼 수가 없다. 가슴이 조여온다.

뒤엉겨서 바닥을 구르던 여자의 얼굴은 회색 그림자로만 남았다. 아주 잠깐 동안 그 음영 위로 인희 자신의 얼굴이 겹쳐졌다가 사라졌다. 안개처럼 희미해진 윤곽이 차츰 강희의 얼굴로 바뀌기 시작한다. 인희는 머리를 좌우로 세차게 흔든다. 강희의 얼굴이 점점 더 또렷해진다. 눈을 감은 강희의 얼굴 위로 새빨간 립스틱이 경중경중 춤을 추며 지나간다. 강희의 입술이 살짝 벌어져 있다. 꿈을 꾸고 있는 것만 같다. 인희는 화끈 달아오른 자신의 얼굴을 양손에 묻었다.

 몸까지 섞다니, 그것도 내 집에서…. 인희는 목을 길게 빼며 진저리 쳤다. 침을 넘길 때마다 물 없이 알약을 삼킨 것처럼 목을 훑고 내려가는 느낌이 오래 남는다. 가슴을 펴고 심호흡을 해본다. 벌렁거림이 가라앉지 않는다. 소파 깊숙이 체중을 묻으며 창밖을 응시한다. 검정 외투를 뒤집어쓴 것 같은 짙은 어둠이 지나온 시간들을 향해서 달려나간다. 무성 영화가 돌아가듯 색 바랜 기억의 파편들이 하나, 둘 날아온다.

 인희는 대학 4학년이 되던 해 봄부터 몸에 이상이 왔

음을 느꼈다. 머리가 자주 어질어질했다. 눈앞에 전등불 같은 것이 환하게 보일 때도 있었다. 금세 피곤해졌고, 갑자기 스르르 쓰러지는 일도 생겼다. 속이 더부룩하고, 맛있는 음식을 보아도 즐겁지가 않았다. 체중이 줄고, 툭하면 멍이 들었다. 식은땀이 흘렀고, 열이 나다가 오한이 들다가를 반복했다. 얼굴이 왜 그리 창백하냐는 소리도 들었다. 대학병원의 진단 결과는 급성골수성백혈병(AML)이었다. 하늘이 무너져 내리는 충격 속에서 화학 요법과 방사선 치료를 병행했다. 그리고 골수이식에 마지막 희망을 걸었다.

아버지, 어머니가 먼저 나섰다. 하지만 가족 중에서도 강희의 골수가 가장 일치율이 높다는 의사의 권고를 따랐다. 9월 첫째 주 월요일로 날짜가 잡혔고, 국내 최고의 백혈병 권위자라는 최 교수 책임하에 골수이식이 진행되었다. 이식은 성공적으로 끝났다. 부작용도 나타나지 않았다. 완치를 장담할 수는 없었지만, 인희는 자신의 처지를 비관하거나 실의에 빠지지 않았다. 하루하루를 감사와 기도로 보냈다. 아침에 눈을 뜨면 스스로에게 활력을 불어넣으려고 노력했다. 그런 긍정적 태도와 믿음 때문이었는지 건강은 빠르게 회복되어 갔다. 골수를 이식하고 6개월쯤 뒤에는 몸이 발병 이전의 상태로 돌아왔음을 느낄 수 있었다. 사람들은 인희를 보고 기적을 입에 올렸다.

의사는 아이를 가질 수 없을 거라고 조심스레 말을 꺼냈다. 고용량의 화학 요법과 방사선 치료 때문이라고 덧붙였다. 치료에 들어가기 전에 설명을 들어서 알고 있는 내용이다. 꽤 오랫동안 생리도 없었던 터라 각오는 하고 있었다. 그래도 그 말이, 아이를 가질 수 없다는 말이, 선선히 받아들여지지는 않았다. 억울한 기분이 들었다. 준호의 얼굴이 떠올랐다. 아이를 가질 수 없다면 결혼도 할 수 없는 게 아닌가 하는 생각이 들었다. 하지만 준호는 '아이는 없어도 된다.'며 인희의 손을 놓지 않았다. 인희와 준호는 2학년 가을 축제에서 만난 캠퍼스 커플이다.

인희는 벽을 짚어가며 주방으로 향한다. 몸살을 앓고

난 것처럼 다리가 후들거린다. 거실을 지나다가 응접 테이블에 무릎이 부딪쳤다. 통증과 욕이 동시에 올라온다. 냉장고 문을 열자 차가운 불빛이 와락 바닥으로 쏟아져 내렸다. 스테인리스 물병을 꺼내서 투명한 유리컵에 물을 가득 채운다. 손바닥 전체로 선득한 기운이 스며든다. 생맥주를 마시듯 단숨에 들이켠다. 정수리에 비수가 꽂히는 것처럼 머릿골이 시리다. 강희의 얼굴이 더 또렷해진다. 몸을 홱 돌리며 거실 벽을 향해서 유리컵을 던져버린다. 쨍~ 하는 소리가 벽 아래로 숨어든 어둠을 긴장시킨다. 재빨리 아이 방을 살핀다. 아무런 기척도 없다. 다행이다.

시어머니와 시아버지 그리고 동갑내기 시누이까지 아이가 없는 상황을 자연스럽게 받아들였다. 시간이 지나도 그런 분위기는 바뀌지 않았고, 모두 진심으로 보였다. 그렇게 평온한 신혼의 날들이 흘러갔다. 그런데 남편이 출근하고 나서 거실에 홀로 앉아 있으면, 추수를 다 끝낸 텅 빈 들판에 서 있는 것처럼 쓸쓸한 기분이 밀려들었다. 아이를 갖고 싶다는 생각이 불뚝불뚝 고개를 들었다. 머릿속에 준호를 닮은 아기의 얼굴이 그려졌다. 결혼한 부부 사이에는 아이가 있어야 한다는, TV 드라마 속의 대화도 마음속의 잔잔하던 물결을 흔들었다. 휴일마다 딸아이 손을 잡고 찾아오는 강희를 볼 때도 인희는 부러움의 속내를 감추지 못했다. 동생 강희는 인희가 결혼하고 1년 뒤에 결혼했고, 그다음 해에 딸 규빈이를 낳았다.

준호는 자기가 했던 말을 증명이라도 하려는 것처럼 인희에게로만 집중했다. 일도 뒷전이었다. 출근하고 나서도 수시로 전화를 걸었고, 퇴근과 동시에 집으로 직행했다. 주말과 휴일도 둘만의 시간으로 채워졌다. 철마다의 자연과 맛집을 찾아서 전국을 누비고 다녔다. 추석이나 설 같은 연휴에는 해외로 날아갔다. 남들이 다 찾는 유명 관광지를 돌기도 하고, 한적한 휴양지에서 느긋한 시간을 보내기도 했다.

준호는 클래식 음악을 좋아하는 인희를 위해서 거실을 음악 감상실로 바꾸었다. 벽을 뜯어서 마감을 다시 했고,

독일제 오디오 기기를 새로 들여놓았다. 그러고는 준호 스스로가 클래식의 세계에 빠져들었다. 하지만 준호의 이런 노력에도 불구하고 인희의 허전한 구석은 채워지지 않았다. 준호와 함께하는 시간들이 즐겁고 행복하기는 했지만, 순간순간 가슴속을 파고드는 스산한 바람만은 어쩔 수가 없었다. 어디를 가나 엄마 품에 안겨서 꼼지락대는 아기들의 얼굴이 먼저 눈에 들어왔다.

인희는 입양을 먼저 생각해 보았다. 아동보호 시설에 찾아가서 마음에 드는 아이를 한 명 데려오면 된다. TV 드라마에서 많이 보아온 장면이 아닌가. 낳은 정보다 기른 정이라는 말도 떠올렸다. 하지만 행동에 옮길 수는 없었다. 입양에 대해 운을 떼자 준호는 가타부타 아무런 대꾸를 하지 않았다. 마음이 흔쾌하지 않을 때 보이는 그의 반응이다. 핏줄도 모르는 아이를 자기 자식으로 받아들인다는 게 내키지 않는 모양이다.

아무도 모르는 아주 먼 곳으로 날아가서 대리모를 구하는 상상도 해보았다. 남편 준호의 피가 흐르게 된다는 것만을 생각하면 가장 확실한 방법이 아닐까 싶었다. 하지만 이는 인희 스스로가 받아들일 수 있을 것 같지 않았다. 다른 여자의 몸에 남편 준호의 아이가 들어서게 되는 과정을 떠올리자 소름이 돋을 정도로 끔찍하게 느껴졌다. 상상만으로도 뱃멀미가 나듯이 속이 뒤집어졌다.

더 이상의 다른 방법은 떠오르지 않았다. 인희는 하나님께 매달렸다. '이왕 살려주신 목숨, 아이도 함께 주시면 안 되나요?' 하고. '그러면 하나님께서 명령하시는 일 뭐든지 다 하겠습니다.' 약속하면서.

기분이 가라앉을 대로 가라앉아서 힘든 날이면, 인희의 발길이 자연스레 친정집으로 옮겨졌다. 친정 엄마와 함께 있으면 기분이 한결 나아졌다. 친정 엄마는 인희를 보면 무슨 큰 죄라도 지은 사람처럼 어쩔 줄 몰라 할 때가 많았는데, 제발 그러지 말라고 짜증을 내봐도 소용이 없었다. 친정 엄마는 인희가 갈 때마다 백화점으로 끌고 갔다. 기분전환이라도 하라며 안전성능 세계 최고라는 자동차를 뽑아주기도 했다. 하지만 그런 날에도, 집에 돌아온 인희는 거실 소파에 앉아서 멍하니 창밖을 내다보곤 했다.

인희네 부부가 결혼 5주년 기념으로 남미 크루즈 여행을 다녀온 직후였다. 친정 엄마가 찾아와서 인희를 앞에 앉혀놓고 얼굴을 맞대었다.

"인희야, 내 말 좀 들어봐라. 강희의 난자를 받아서 아이를 가져보는 건 어떻겠니? 강희는 네 둘도 없는 동생이 아니니. 유전적으로도 너와 젤 가깝고. 한번 진지하게 생각해 보렴. 의사 선생님도 네가 아이를 낳는 데는 문제가 없을 거라고 하지 않던…."

상상조차 해보지 못했던 제안이다. 순간, 인희의 머릿속에 준호를 쏙 빼닮은 아이의 얼굴이 그려졌다. 눈만은 꼭 남편을 닮았으면 좋겠다는 생각이 들면서 저절로 미소가 지어졌다. 난자 제공자가 이 세상에서 가장 아끼는 친동생이라는 사실이, 남편과의 사이에 다른 여자가 끼어들게 된다는 불쾌감과 거부감을 눌러주었다. 강희의 유전자라면 자신과 준호의 2세를 만드는 데 손색이 없을 거라는 생각도 들었다. 입양을 하는 것도 대리모 출산도 받아들이기 힘들다면, 강희의 난자를 받는 게 가장 현실적이라는 판단이 섰다.

강희도 친정 엄마의 생각을 반겼다. 이야기를 듣는 순간 한 치의 주저함도 없었다. 언니를 도울 수 있는 일이라면 뭐든지 하겠다고 적극적으로 나섰다. 자신의 골수를 내주며 '제발 언니 좀 살려달라.'고 울고불고했던 강희다. 인희 남편 준호와 강희 남편 영준 역시 흔쾌한 얼굴로 동의했다.

준호의 정자와 강희의 난자는 단 한 차례의 조우만으로 새 생명을 탄생시켰다. 성공 확률이 그리 높지 않을 거라고 했는데, 마치 오랫동안 준비하고 기다려 온 것처럼 완벽하게 호응했다. 새 생명은 인희의 몸속으로 들어와서도 건강하게 자리를 잡았다. 인희네와 친정집 그리고 강희네가 모두 들뜬 분위기에 휩싸였다. 친정 엄마는 인희 앞에서 눈물을 보이기까지 했다.

인희가 임신하고 있는 열 달 동안 강희는 하루도 거르

지 않고 언니 곁을 지켰다. 강희가 먼저 나서서 태어날 아기의 배냇저고리부터 챙겼다. 아기의 침대는 물론이고, 목욕용품이며 그 밖의 시시콜콜한 것들까지 모두 강희가 목록을 만들어 가면서 하나하나 준비해 나갔다. 강희는 인희가 손 하나 까딱하지 못하게 했다. 남편 준호도 강희를 따라다니며 부지런히 아기 용품들을 날랐다. 출산을 앞둔 인희는 마치 크리스마스트리 위에 걸린 고무풍선처럼 부풀어 오르기만 했다.

  아이가 태어나고 나서도 아이와 관련된 것들은 모두 강희의 손을 거쳤다. 아이에게 분유를 타서 먹이고 트림을 시키는 일부터 강희가 차지했다. 아이를 씻기고 입히는 일도 강희가 도맡았다. 인희는 그저 편안한 자세로 누워서 평온하게 잠든 아이의 얼굴이나 들여다보는 게 전부였다. 부산하게 움직이는 강희의 동선을 지켜보는 걸 빼놓고는. 아이는 밤 시간에만 인희 차지가 되었다. 자다가 깨서 우는 아이에게 강희가 타놓고 간 분유를 데워서 물렸다. 분유를 먹이고 나면 준호가 아이를 안고 등을 토닥여서 트림을 시켰다. 그 정도가 인희네 부부가 하는 전부였다.

아이가 장난감을 가지고 놀 정도가 되자, 강희네가 아예 인희네 아파트 단지로 옮겨왔다. 강희는 아이의 안전과 놀이를 위해서라며 인희네 아파트 두 동 건너의 1층 집을 골랐다. 강희는 마치 오랫동안 기다려 온 둘째를 본 엄마처럼 들떠 보였다.

거실 소파에 앉아서 책을 보고 있던 인희의 눈에 강희의 손을 잡고 현관으로 들어서는 아이의 모습이 들어왔다. 아이는 이모를 따라서 놀이터에 나갔다가 들어오는 길이다. 강희의 손을 잡은 아이의 표정이 밝다. 아이가 강희와 은근한 눈길을 주고받는다. 아이의 표정이 진지하게 바뀌기 시작한다.

"이모, 이모, 우리 집에서 자면 안 돼?"

"왜? 왜? 이모가 그렇게 좋아?"

"응, 이모. 이모가 젤 좋아."

강희가 와락 아이를 품에 안는다.

순간, 인희의 머릿속으로 묘한 감정 한 줄기가 파고들었다. 그동안은 느껴보지 못했던 기분이다. 마치 해 질 녘의 땅거미가 밀려들듯이 짙은 회색 그림자가 스멀스멀 다가드는 느낌이 들었다. 강희가 저녁을 준비한다며 돌아가자, 인희는 아이의 두 손을 꼭 잡고 눈을 맞추었다.

"이모가 좋아?

"응, 좋아."

"엄마보다 더 좋아?"

"응, 아니…. 근데, 이모는 뭐든지 다 해줘."

"그래서 이모가 좋구나."

"응, 이모가 좋아."

강희가 달갑지 않다. 그날 이후의 감정이다. 강희가 아이에게 친밀함을 보이면 보일수록, 아이가 강희를 따르면 따를수록 인희의 마음속에서는 스멀스멀 불편한 기운이 피어오른다. 불편해진 마음은 이내 불안감으로 옮아간다. 불안감은 하루하루 더 짙어졌다. 아이가 자기보다 이모를 더 친숙하게 느끼고 있는 것 같다. 지금은 그저 익숙한 손길에 대한 반응일지 모르지만, 앞으로 얼마나 더 이모에게 빠져들지 알 수 없다. 아이를 대하는 강희의 태도도 눈에 거슬린다. 언니의 존재는 아예 안중에도 없는 것처럼 아이를 대하고 있다. 단지 조카를 사랑하는 이모의 눈이라고 하기에는, 아이를 보는 눈이 너무 깊다. 그런 시선이 싫다. 거북하고 불쾌하다. 그리고 불안하다. 그렇다고 이제 와서 강희의 출입을 막을 수도 없다. 뭐라고 핑계를 댄단 말인가? 강희가 수긍할 만한 이유 같은 것은 떠오르지 않는다.

인희는 아들 동수를 데리고 강희의 눈과 손이 미치지 못하는 곳으로 멀리 떠나는 수밖에 없다는 결론을 내렸다. 강희가 집에 드나드는 것을 막을 수 없다면, 그게 최선이라는 생각이 들었다. 아이와 강희가 서로 얼굴을 보지 못하게 되면, 둘 사이의 끌림도 차츰 사라질 것이다. 조기 유학을 명분으로 내걸기로 했다. 아이의 교육을 위해서라고 하면 혹여 반대의 목소리가 나오더라도 끝까지 고집을 피울 수가 있다.

준호는 동수가 좀 더 크거든 유학을 보내는 게 좋지 않겠느냐는 의견을 냈다. "아직 유치원에 갈 나이도 아닌데…." 하면서 말끝을 흐렸다. 인희는 한국의 교육 현실을 들먹이면서 자신의 주장을 계속 밀어붙였다. "이왕 갈 거면 하루라도 빨리 가는 게 낫다."고 쐐기를 박았다. 자신이 아이를 돌보러 따라가면 남편과 떨어져 있어야 하는 것 같은 문제는 고려해 보지도 않았다. 물론 이때까지만 해도 캐나다에서 아주 눌러 살 생각까지는 하지 않았다. 동수가 잠시 한국을 떠나 있는 것만으로도 강희를 충분히 자기 자리로 돌아가게 할 수 있으리라고 생각했다.

손가락으로 창문에 맺힌 물방울을 문질러 본다. 그냥 그대로다. 안쪽에 맺힌 물방울이 아니다. 비행기는 몇 시간째 구름 위를 날고 있다. 끝없이 펼쳐진 뭉게구름의 바다다. 그 위로 눈부신 햇살이 금빛 화살처럼 쏟아져서 내리꽂히고 있다. 강희가 아이의 엄마라도 되는 것처럼 전면에 나서게 두었던 것은 전적으로 내 잘못이다. 처음부터 분명하게 선을 그었어야 했다. 이제 남편마저도 강희 차지가 되어버렸다. 그렇게 허겁지겁 서울에서 도망쳐 나오지 말았어야 했는지도 모르겠다. 인희는 부르르 몸을 떨면서 목까지 담요를 끌어 올렸다. 핸드폰을 열었다. 활짝 웃는 동수의 얼굴이 화면을 가득 메운다. 서울로 향하는 길이다. 아이가 초등학교에 입학했다. 아이가 더 크기 전에 준호와의 관계를 정리해 두고 싶다. 아니, 아이와 강희의 연결 고리를 좀 더 확실하게 끊어놓아야겠다는 생각이 더 급하다.

지난밤에도 예외는 없었다. 남편 준호와 동생 강희의 정사를 연상시키는 장면들이 인희의 잠을 온통 점령해 버렸다. 꿈속 장면 하나하나가 눈으로 직접 본 것처럼 선명하다. 강희와는 그동안 많은 것을 함께해 왔는데, 이제는 남편까지도 나눠 쓰는 꼴이 되고 말았다. 더군다나 남편과 강희는 서울에 있고, 자신은 태평양을 건너와서 멀리 떨어져 있다. 오늘도 스스로를 책망하는 일로부터 하루가 시작되었다. 강희가 남편 준호와 가까이할 수 있도록 빌미를 만들어 준 사람은 다른 누구도 아닌 바로 자기 자신이다. 강희가 아이의 엄마처럼, 강희가 준호의 아내라도 되는 것처럼 행동하게 인희 스스로가 시간과 장소를 제공해 준 셈이나 마찬가지다. 속이 쓰려온다.

자책의 시간이 지나고 나면 미움이 솟구쳤다. 그동안 강희와 쌓아온 추억들이 깨진 유리거울 조각처럼 날아와서 머리에 박힌다. 함께 떠났던 여행 장면들이 아프게 파고든다. 붉게 물든 강화도의 낙조를 바라보면서 강희는 "이렇게 언니와 함께 있으면 가슴이 따뜻해지는 것 같아." 하면서 인희의 어깨에 머리를 기대왔었다. 대관령 소나무 숲길을 걸으면서는 "언니 우리 이 소나무들처럼 건강하게 오래오래 살아." 하면서 인희의 손을 꼭 잡았었다. 이제는 흰 카라 교복을 단정하게 차려입고 나풀나풀 앞서 걷던 등굣길의 강희마저도 가증스럽게 느껴진다.

남편 준호의 얼굴이 떠오르면 더 이상 생각을 이어갈 수가 없다. 눈앞이 흐려진다. 물리적 거리와 시간의 흐름도 내 편은 아니었다. 근거도 없이 무성하게 자라난 원망들이 이리저리 머릿속을 헤집고 다닌다. 준호와의 신혼을 회상하다가도 강희의 얼굴이 떠오르면 새하얗게 지워져 버렸다. '그래서 뭘 어쩌겠다는 거야? 네가 먼저 시작한 일 아니야? 남편을 쏙 빼닮은 아이를 원한다고 하지 않았어? 아이는 없어도 된다며 손을 꼭 잡아준 사람이 누구야?' 한순간도 떨어져 있으면 못 살 것 같던 남편이다. 하지만 이제 죽고 못 살겠는 것은 동수뿐이다. 스스로 걸어 들어간 의심의 늪에서 빠져나올 수가 없다. 인희는 다시 한번 모든 게 내 탓이라는 자책 속으로 빠져든다. 다람쥐 쳇바퀴 돌듯이 생각을 굴려보지만, 자신을 괴롭히는 것 말고는 딱히 도망갈 곳이 없다.

 인희가 살아온 시간들은 대부분 강희의 시간들과 겹쳐진다. 유난스럽다고 할 정도로 항상 붙어 다녔다. 어려서는 더했고, 커서도 그랬다. 취향은 물론이고 성격까지도 닮아가는 것 같았다. 초등학교를 졸업할 때까지 한방을 쓰면서 서로가 서로에게 거울처럼 자란 탓인지도 모른다. 자매는 머리띠를 사거나 운동화를 고르는 것 같은 아주 사소한 일들까지 머리를 맞대고 소곤거렸다. 또 혼자만의 비밀 같은 것은 만들지도 않았다. 학교에서 좋아하는 남자애가 생겼을 때, 인희는 가장 먼저 강희의 귀에 대고 속삭였다. 그러고는 서로가 서로의 눈을 마주 보며 키들거렸다. 아버지에게 꾸중을 들었을 때도 인희는 엄마 대신 강희의 손을 잡고 눈물을 찔끔거렸다. 강희 역시 무슨 일이 생기면 쪼르르 인희에게로 달려와서 코를 맞대었다. 두 살 터울의 자매는 마치 일란성 쌍둥이처럼 보였다.

인희와 강희는 어려서부터 주위의 부러움을 달고 자랐다. 자매는 커갈수록 점점 더 빛을 발했는데, 아버지와 어머니로부터 좋은 유전자만을 물려받은 결과였다. 아버지는 180cm가 넘는 훤칠한 키에, 서글서글한 눈매를 가진 부지런한 분이었다. 어머니도 이목구비 뚜렷하고 갸름한 얼굴로, 타고난 미인이라는 소리를 들었다. 게다가 자매는 둘 다 매년 전교 1등을 다투었는데, 인희의 뒤를 이어 강희까지 S대에 합격했다.

 강희는 아이가 생각날 때마다 서울에 홀로 남겨진 형부를 찾아갔다. 동수의 소식을 들을 수 있는 유일한 통로가 준호였기에. 인희는 강희의 전화를 피했다. 어쩌다가 연결이 되어도 동수를 바꿔주지는 않았다. 자고 있다고 하거나 밖에 나가고 없다고 딱 잘랐다. 자신을 경계하는 인희의 속내가 고스란히 전해졌지만, 강희는 자신의 감정을 내보이지 않았다. 무슨 말을 해야 좋을지도 알지 못했다. 언니가 어떤 기분일지는 짐작이 되고도 남았다. 하지만 강희는 벌어지고 있는 일을 그대로 받아들일 수밖에 없다고 생각했다. 아이에게로 향하는 마음을 어쩔 수가 없었다. 언니의 입장을 이해하는 심정은 그다음이었다. 강희는 준호를 찾아갈 때마다 핑곗거리 삼듯이 밑반찬을 몇 가지씩 만들어서 들고 갔다. 반찬통을 냉장고에 넣고 돌아 나오면서 아이의 캐나다 생활에 대해서 한두 마디씩 묻곤 했다. 그때마다 준호는 짧게 단답형으로만 대답했다.

  강희는 형부를 처음 보았을 때, 안으로부터 들려오는 자신의 목소리를 들었다. '아~ 이 사람이다. 내가 상상해 오던 사람이….' 가슴이 두근거리고 얼굴이 달아올랐다. "언니한테서 말씀 많이 들었어요." 하는 인사말을 꺼내 들고서야 가까스로 마음속의 흥분을 가라앉혔다. 강희 앞에는 늘 인희가 있었다. 그것은 단순히 출생의 순서만을 의미하는 것은 아니었다. 인희는 강희보다 훨씬 더 예뻤고 좀 더 날씬했다. 학교 성적도 항상 강희를 앞서갔다. 언니는 언제나 빛나는 얼굴로 사람들 앞에 섰다. 눈부시게 조명이 쏟아지는 무대 위에 우뚝 선 뮤지컬 배우처럼. 인희와 함께 있으면 강희는 늘 언니의 그림자 속에 들어가 있는 기분이 들었다. 그래도 강희는 언니가 좋았다. 언니의 뒤를 따르기만 하면 무슨 일이든지 그리 힘들지 않았다. 인희가 결혼한 뒤에도 강희는 언니의 뒤를 졸졸 따라다녔다. 그 자리가 가끔은 아프게 다가오기도 했지만, 형부를 가까이할 수 있다는 것만으로도 충분히 보상을 받는 느낌이 들었다. 그녀로서는 어쩔 수 없는 남자라는 사실이 강희를 그리 슬프게 하지도 않았다.

  강희가 준호를 찾는 횟수가 일주일에 한 번에서 이틀에 한 번꼴로 바뀌었다. 그러면서 강희는 준호의 반응에 신경을 쓰기 시작했다. 처음에는 그저 짧은 목례로 인사를 나누고 아이에 대한 궁금증을 털어놓는 게 전부였지만, 차츰 준호의 눈을 보면서 그날의 기분을 살피고는 했다. 그러다가 준호의 무표정한 얼굴마저도 편안하게 받아들이는 자신을 발견하게 된다. 또 어느 순간부터는 준호에게 빠져드는 자신의 감정을 감추려 들지도 않았다. 아이는 캐나다로 가버렸다. 볼 수도 없고, 안아줄 수도 없다. 목욕을 시켜줄 수도 없고, 맛있는 것을 만들어서 먹일 수도 없다. 게다가 이런 상황이 언제까지 지속될지에 대한 기약도 없다. 눈에 보이는 것은 단지 자신의 난자에 정자를 더해서 새

생명을 탄생시킨 형부뿐이다. 오늘도 형부는 말이 없다. 표정이라곤 한 번도 가져본 적이 없는 사람처럼 완고하게 중립적인 얼굴을 하고 있다. 강희는 자신을 조심스러워하는 준호의 이런 태도마저도 자신에 대한 일종의 절제된 욕망일 거라는 생각에 빠져들었다.

　형부를 향해서 천천히 다가간다. 발을 담그는 물소리에 눈을 감고 있던 형부가 천천히 눈을 뜨며 강희를 바라본다. 준호는 놀라는 기색 없이, 표정의 변화도 없이 몸을 살짝 틀어서 강희가 앉을 만큼의 공간을 내어준다. 강희는 욕조에 앉아서 자세를 잡은 다음, 천천히 형부의 어깨에 머리를 기댄다. 욕조의 더운 기운이 목덜미로 올라온다. '젠장, 이런 상상을 하다니.' 언니를 생각하면 있을 수 없는 일이다. 얼굴이 화끈거린다. 하지만 기분은 좋다. 몸이 붕 뜨는 것 같다. 언니에 대한 것과 형부에 대한 것은 전혀 별개의 다른 감정이라는 생각이 들었다. 눈을 감았다. 형부의 손이 자신의 어깨 위에 올라와 있는 것처럼 느껴진다. 형부의 손 위에 자신의 손을 올려놓는다. 형부의 체온이 전해져 오는 것만 같다. 가슴이 들뛴다. 언니가 자신의 난자를 원한다고 말하던 순간, 강희는 온몸에 열기가 오르는 것을 느끼면서 형부와의 섹스를 상상했었다. 난자를 잃은 언니의 상황이 자신의 내면을 들여다보던 어떤 신적 존재의 특별한 선물일지도 모른다는 생각까지 들었었다.

"엄마는 무슨 생각으로 강희의 난자를 받으라고 했어요?"

"아, 그게… 이제 와서 보니, 내가 잘못 생각했던 것 같다."

"그게 무슨 말이에요?"

"남자와 여자가 꼭 몸을 섞어야만 통정이 되는 건 아니란 생각이 들어서… 두 사람 사이에 어떤 감정이 싹트게 될지 좀 더 생각을 해봤어야 하는 건데. 내가 생각이 짧았어."

"…"

"다 에미 잘못이야. 그 당시 네 아빠가 툭하면 '우리 핏줄, 우리 핏줄' 했거든. 우리 집 재산도 결국은 너희 둘과

외손자들에게 물려줄 수밖에 없을 테고⋯ 그래서 너한테 강희의 난자를 받으라고 한 거지. 아이가 생기고 나서 너희들 감정이 이렇게까지 변하게 될 줄은 꿈에도 몰랐어."

"핏줄 때문에, 상속 문제 때문에 그랬다고요?"

"아니 뭐, 그것도 이유 중에 하나였던 건 사실이야. 물론 네가 너무 쓸쓸해 보였던 게 가장 큰 이유이긴 했지만⋯."

좋은 뜻이 꼭 좋은 결과만을 낳는 건 아니다. 차라리 생판 모르는 여자의 난자를 구했더라면 어땠을까 하는 생각이 빠르게 머리를 스쳤다. 그래도 친정 엄마의 제안을 탓할 수는 없다. 나의 기도가 어머니의 입을 통해서 응답된 것인지도 모른다. 또 그 기도에 응답해 주시다 보니 하나님의 계획이 크게 헝클어지면서 꼬리에 꼬리를 문 뒤엉킴이 내게 닥친 것일 수도 있고⋯. 인희는 아버지 쪽으로 시선을 옮겼다. 아이를 데리고 캐나다로 떠나는 딸을 보면서도 아무런 말씀이 없으셨던 아버지시다. 오늘은 잔뜩 그늘을 드리운 아버지의 얼굴이 먼저 나서서 딸에 대한 걱정을 털어놓고 있는 것만 같다.

"네가 얼마나 힘든지 잘 안다."

"죄송해요. 아빠."

"아니다. 네가 죄송할 게 뭐 있니…."

"…."

"내가 도울 일은 없니? 필요한 게 있으면 뭐든지 말해라."

"아니에요. 지금 도와주시는 것만으로도 충분해요."

"근데, 얘야. 이제 그만 서울로 돌아오면 어떻겠니?"

"아빠, 안 돼요. 아직은…."

"그래, 알았다. 네 맘이 정리될 때까지 기다리마."

"…."

"그리고…. 네가 온다기에…. 쭉 생각해 왔던 건데…. 유언장을 미리 만들어 놨다. 동수가 우리 집 장손인 셈이니…. 강남에 있는 건물은 동수 몫으로 해놨다."

"아빠…."

아버지가 서류봉투 하나를 인희 앞으로 밀어 놓았다.

인희의 눈가가 번들거리기 시작했다. 흐르는 눈물을 연신 훔치면서도 터져 나오려는 흐느낌만은 억지로 삼켰다.

인희는 아버지, 어머니의 이마 위 주름살을 타고 파도처럼 계속 덮쳐오는 자기 설움과 회한을 어쩌지 못했다. 친정 엄마가 인희의 등을 쓸어안고 토닥였다.

 아버지는 사업 수완이 좋은 분이었다. 세상의 변화를 멀리까지 내다보는 눈을 가지셨다. 강남에서 사무용품점으로 장사를 시작했는데, 업종을 바꿔가면서 꽤나 큰돈을 벌었다. 그 돈을 가지고 가게가 세 들어 있던 건물을 통째로 사들였다. 불과 10년 만의 일이었다. 그 후에는 임대 사업과 부동산 개발을 통해서 눈덩이처럼 재산을 불려나갔다. 강남과 분당을 따라 내려가던 정부의 신도시 정책을 한 걸음씩 앞서갔다.

 밖에서 인기척이 나고 번호 키 누르는 소리가 들리더니 철커덕하고 현관문이 열렸다. 인희는 힐끗 벽시계를 올려다보았다. 12시 15분이다. 준호는 거실의 전등 스위치를 올리고 나서야 누군가가 소파에 앉아 있다는 것을 눈치챈 모양이다. 인희는 꼿꼿이 세운 등을 풀지 않았다. 준호는 웃옷을 벗으려던 동작을 멈추고, 어색한 분위기를 날리려는 듯 헛기침을 한 번 크게 하더니, 맞은편 소파로 다가와서 걸터앉았다.

"한국엔 언제 들어왔어?"

준호가 먼저 입을 열었다.

"어제요."

인희는 시선을 벽에 고정한 채 짧게 말을 받았다. 그러고는 결심을 다잡으려는 듯 목소리에 힘을 실었다.

"용건만 간단히 말할게요. 우리, 이혼해요."

"이혼?"

"…누구의 잘못도 아니에요."

"여보! 꼭 그렇게까지 해야 돼?"

"이제 더는 견딜 수가 없어요."

"…"

"동수는 내가 키울게요."

"…"

"내가 너무 일방적이라는 것도 알아요."

"…"

"이해해 줘요."

"…"

"미안해요."

"…"

"서류는 바로 만들어서 보낼게요."

인희는 준호가 대꾸할 틈을 주지 않고 속사포처럼 준비해 온 말들을 쏟아냈다. 그러고는 벌떡 일어나서 현관문까지 걸어갔다. 손잡이를 잡고 주춤하더니 몸을 돌렸다.

"강희와의 관계는 상관하지 않을게요. 마음대로 해요."

순간, 준호의 눈동자가 크게 흔들렸다. 뭔가 급하게 말을 하려고 입을 움직이는 것 같았으나 말이 되어 나오지는 않았다.

남편은 수시로 드나드는 강희를 처제로만 보기는 힘들었을 게 틀림없다. 강희에게 끌리는 감정을 어쩌지 못했을 거라는 생각이 한시도 떠나지 않는다. 에로 영화의 야

한 장면들이 자꾸만 강희의 얼굴과 겹쳐져서 떠올랐다. 5년이란 세월은 뭔가가 움터서 자라기에 충분한 시간이다. 한 자락 의심이 마음속에 들어왔고, 그것이 벗어나기 힘든 크기의 밀림으로 변해버렸다. 일방적인 오해가 아니냐고 반문할 수도 있다. 그럴지도 모른다. 하지만 마음의 일은 어쩔 수가 없다. 또 준호는 자신의 결백을 주장하지도 않았다. 스스로가 자기 자신을 확신하지 못해서인지도 모른다. 적어도 처제인 강희가 남다르게 느껴지는 것만은 틀림없을 테니까. 강희의 난자에 자신의 정자를 더해서 아이를 만들었다. 자신과 강희의 유전자를 반반씩 물려받은 아이가 자라고 있다.

인희는 준호를 만난 다음 날, 강희를 호텔 커피숍으로 불러냈다. 어찌 되었든 한 번은 볼 생각이었다. 어색한 침묵 끝에 강희가 먼저 입을 열었다.

"언니, 미안해…."

"아니, 네가 미안할 게 뭐 있니? 내가 먼저 원해서 시작한 일인데."

"…."

"네가 아니면 우리 동수가 이 세상에 나올 수 없었다는 것도 잘 알고 있어."

"…."

"이제 너 하고 싶은 대로 해. 나 신경 쓰지 말고."

"그게 무슨 소리야, 언니?"

"형부하고 말이야. 난 이제 완전히 빠질게."

"…."

"그래, 다 내 잘못이야. 누구를 원망할 것도 없고."

"그래도 그건 아닌 것 같아."

"아니, 형부는 네가 가져. 대신 동수 앞에는 절대 나타나지 마!"

"…."

"약속해 줄 수 있지?"

강희에게 바라는 것은 단지 이것뿐이다. 앞으로 동수 앞에는 절대 나타나지 않는 것. 두고두고 강희의 마음을 아프게 하겠지? 하지만 동수를 볼 때마다 강희의 얼굴과 준호의 얼굴이 떠올라서, 인희 자신의 아픔이 오히려 몇십 배, 몇백 배는 더 클 거라는 생각이 끈적끈적 달라붙는다. 인희는 머리를 흔들었다. 그런 머릿속의 갈등이 그래도 강희의 손을 한번 잡아주고 싶다는, 가슴속 밑바닥으로부터 올라오는 감정을 눌러버렸다. 무리한 기도에 응답해 주신 대가로, 하나님은 그만큼의 아픔도 함께 주시는 것 같다. 그래야만 하나님의 질서가 세상 사람들 모두에게 공평할 테니까.

갑자기 올챙이 떼가 새까맣게 달려든다. 재빨리 몸을 돌려보지만 뒤에도 온통 올챙이 떼다. 올챙이들은 서로가 서로에게 신호를 보내는 것처럼 꼬리를 흔들고 있다. 머리 위로 손을 뻗었다. 손가락 사이사이로 미끈거림이 우르르 빠져나간다. 눈을 부릅뜨고 왼쪽, 오른쪽 그리고 위, 아래를 차례로 살펴본다. 수족관처럼 생겼다. 앞뒤로는 3m, 위아래로는 2m쯤 될 것 같다. 몸에는 실오라기 하나 걸치지 않았다. 어항에 갇힌 개구리 꼴이다. 점점 더 숨이 막혀온다. 몰려드는 올챙이 떼를 향해서 힘껏 손을 뻗었다. 잠시 흩어졌던 올챙이들이 다시 몰려와서 벌떼처럼 달려든다. 올챙이들은 하나같이 얼굴이 없다. 눈도 없고, 코도 없다. 올챙이 한 마리가 눈동자를 향해서 쏜살같이 달려든다.

새벽 2시다. 목덜미가 흥건하다. 제발 이게 마지막 꿈이었으면 좋겠다는 생각을 하면서 인희는 동수의 방으로 향한다. 방문을 열고 까치발을 든 채 살금살금 다가간다. 쌔근쌔근 숨소리가 고르다. 한참 동안 머리를 숙여서 아이가 자고 있는 모습을 지켜본다. 준호의 얼굴과 친정아버지의 얼굴이 차례로 겹쳐졌다 사라진다. 눈이며, 코며, 입이며, 이 녀석은 남편보다 친정아버지를 더 많이 닮은 것 같다. 이불을 여며주려고 손을 뻗는데, 이불 속에서 뭔가가 휘~익 하고 빠져나가는 느낌이 들었다. 새하얗게 현기증이 몰려왔다. 인희는 손으로 머리를 짚으며 창문부터 살폈다. 창문은 모두 닫혀 있다. 벌거벗은 자작나무 한 그루가 창문 너머에서 흔들리는 잿빛의 자기 그림자를 지켜보고 있을 뿐이다.

접시를 줍는 여자

"저기요, 잠깐만요!"

갑자기 날아든 목소리에 움찔했다. 그래도 고개를 돌리지는 않았다.

"무슨 일인지 모르겠지만, 한 번만 더 생각해 보시면 안 될까요?"

'이런 젠장, 한참을 들어왔다고 생각했는데, 여기도 사람이 있었군.'

짜증이 돌바람처럼 머릿속을 휘돌고 나갔다.

"저희는 저쪽에서 간식을 먹고 있었어요. 그런데 선생님께서…"

"…"

나는 여전히 대꾸하지 않았다. 대꾸하고 싶지 않았다.

"끼어들어서 죄송합니다만, 그래도 이건 아닌 것 같아요."

한참을 지켜본 모양이다. 그냥 갈 것 같지 않다.

"제 몸짓이 그렇게 확실해 보였나요?"

나는 계곡 쪽에 눈길을 박아둔 채 등 뒤로 말을 받았다.

"저희는… 너무 걱정이 되어서…."

"그래요? 그랬군요. 맞아요, 막 뛰어내리려던 참이었어요."

누군가가 이렇게까지 가까이 접근해 오는 걸 모르고 있었다니. 단풍나무에 푹 빠져 있었다. 바위투성이 능선에서 왼쪽으로는 완만한 경사면을 따라서 갈참나무 숲이 울창하다. 그 갈참나무 군락 속을 찬찬히 들여다보면 키 작은 단풍나무들이 여기저기 보석처럼 박혀 있다. 붉게 물든 단풍잎들이 너울너울 석양빛을 뒤집을 때마다 꿈길을 걷고 있는 것만 같았다. 몸이 점점 더 가벼워져서 단풍나무 위로 날아가는 느낌마저 들었다. 능선 오른쪽으로는 깎아지른 낭떠러지가 발밑의 긴장을 잔뜩 움켜잡고 있다.

벼랑 끝으로 몸이 점점 기울고 있는 것을 등산객들이 본 모양이다. 좀 더 깊이 들어갔어야 하는 건데. 그녀의 참견이 못마땅했지만, 끼어들지 말라고 소리쳐서 민망하게 만들고 싶지는 않았다. 그런다고 속이 후련해질 것 같지도 않았다. 위쪽으로 살짝 몸을 틀었다. 그러자 그녀가 가까이 다가와서 홀로 선 소나무에 등을 기대고 자리를 잡았다.

세상과 담을 쌓은 채 살아온 날들이 20년을 넘었다. 인간관계가 모두 차단되었고, 스스로를 울분과 체념 속에 가둘 수밖에 없었다. 하루, 하루가 1년, 2년이 되었고, 5년, 10년을 채우더니, 20년을 훌쩍 넘겨버렸다. 몸도 마음도 무기력해졌다. 숨을 쉬는 것조차 거추장스럽게 느껴졌다. 오늘 아침 눈을 뜨자, 이렇게 사는 건 무의미하다는 생각이 걷잡을 수 없게 부풀었다. 그리고 그 부풀어 오름 끝에 빈 배낭을 메고 아무도 없는 집을 나섰다.

그녀가 아니었으면 나는 오늘 이 계곡에 누웠을 게 틀림없다. 흙이 아닌 낙엽에 묻히면서. 그렇게 단단히 작정을 하고 나선 길이었다. 미련은 없었다. 간간이 불어오는 가벼운 바람에 작은 나뭇잎들이 살짝살짝 몸을 뒤집었고, 그 나뭇잎들 사이로 스며든 오후의 햇살이 뉘엿뉘엿 서쪽 능선을 보듬고 있었다. 내 지친 육신이 산과 하나가 되어도 아쉬움은 없겠다 싶었다.

"맨 처음 머리에 떠오른 곳은 태종대였어요. 그런데 부산까지 가기에는 너무 급했어요. 열차표를 사고, 출발 시간을 기다리고 하다 보면 마음이 약해질 것 같기도 했고요. 여기는 전철만 타면 금방 올 수 있거든요."

나는 발밑을 보며 길게 한숨을 토해냈다. 알 수 없는 일이었다. 처음 보는 여자 앞에서 이리 속내를 털어놓다니. 그녀가 벌떡 일어나서 왼손으로 소나무 둥치를 잡고 오른손을 길게 뻗어왔다.

"일단 올라오셔서 말씀하세요."

"걱정 안 하셔도 됩니다. 이제 뛰어내리고 싶은 마음은 싹 가셨으니까요."

"그래도, 안전하게…."

내가 반응을 보이지 않자 그녀가 엉거주춤 도로 주저앉았다.

"그다음은 문장대였어요. 젊었을 때 한번 올라가 본 적이 있는데, 자꾸만 밑으로 끌려드는 기분이 들더라고요. 뛰어내려도 아무 일 없을 것 같은 생각도 들었고요. 하지만 오늘은 속리산 정상까지 올라갈 수 없을 것 같았어요. 그래서 오르기 쉬운 이곳을 택했어요."

"잘하셨어요. 아무튼 이것도 인연인데 저와 함께 하산하시죠. 선생님 사연은 내려가서 들을게요. 막걸리 한잔하시면서 다 털어놓으시면 한결 시원해지실 거예요."

"아닙니다. 뭐 좋은 얘기라고 계속하겠습니까. 저도 금방 내려갈 테니 걱정 마시고 먼저 내려가세요."

"아니요. 선생님을 이대로 두고는 못 가죠."

그녀가 정색을 하며 단호한 태도를 보였다. 순순히 물

러설 것 같지 않다. 자살방조죄라도 겁내는 걸까?

"알았습니다."

나는 그녀를 향해서 고개를 주억거렸다. 그녀가 일행을 부르기라도 하면 더 민망해지고 난감해질 게 뻔했다. 뛰어내리려 했다는 것 자체가 부끄러웠고, 뛰어내리지 못한 상황도 창피하기는 마찬가지였다. 절대 그런 거 아니었다고 딱 잡아뗄 걸 그랬나 싶었다. 우스운 꼴이 되고 말았다. 결국은 내 것도 내 마음대로 못 하는구나, 하는 생각이 들면서 맥이 탁 풀렸다.

내가 위쪽으로 완전히 몸을 돌려 앉자 그녀가 다시 일어나서 오른손을 내밀었다. 새하얗고 뽀얀 손이다. 갸름하고 긴 손가락들이 내 오른손을 부드럽게 감싸온다. 살아 있음을 느끼게 하는 촉감이다. 따스한 체온이 스며든다. 가슴까지 따뜻해지는 느낌이다. 아, 내가 방금 전에 죽으려고 했던 사람 맞나 싶은 생각이 들었다. 일어서는 순간 내 몸이 휘청했다. 그녀가 내 쪽으로 딸려 와서 구르기라도 할까 봐 왼손으로 급하게 경사면을 짚었다. 손이 아려왔다. 부러진 나뭇가지에 찔린 모양이다. 손바닥에서 몽글몽글 핏방울이 솟는다.

"어머, 다치셨네요. 손 좀 줘보세요."

그녀가 목에 두른 손수건을 풀더니 내 손을 감싸기 시작한다. 기분 좋은 스킨 향이 좁은 공간을 넘어온다. 어린 시절 입에 물면 코를 찌르던 찔레 향이 머릿속에 그려졌다. 생머리에 고운 손이지만, 50대 후반은 되어 보이는 얼굴이다.

"고맙습니다. 이렇게 폐까지 끼치네요."

"폐는요 무슨."

그녀와 나는 키 작은 잡목들을 손으로 움켜잡고 경사면을 횡으로 가로질러서 등산로가 보이는 곳까지 나왔다. 그녀의 일행들이 길가에 삼삼오오 모여 있는 게 보였다. 내가 낭떠러지에서 돌아서는 것을 보고 같이 움직인 모양이다.

"잠깐 여기 계세요. 가서 배낭 좀 챙겨 올게요."

"아니, 그냥 일행들과 함께 가셔도 됩니다. 정 못 미더우

시면 제가 보이는 거리에서 따라갈게요."

"아니에요. 선생님 말씀 들어드리기로 했잖아요. 조금만 기다리세요."

"일행들이 걱정할 텐데요."

"괜찮아요. 금방 갔다 올게요."

일행들이 모두 그녀가 뛰어가는 모습을 지켜보고 있다. 그들이 수군거리고 있는 것만 같아서 얼굴이 달아올랐다. 빨리 이 자리를 벗어나고 싶다. 이게 무슨 망신이란 말인가.

"문정희라고 해요. 제가 먼저 잔을 받을게요. 끼어들고 참견한 벌로요."

그녀가 자신의 이름과 함께 노란 알루미늄 잔을 앞으로 내밀었다.

"아, 네. 저는 이기주라고 합니다."

나는 페트병을 두 손으로 받쳐 들고 조심스레 술을 따르면서 그녀를 살폈다. 고운 상이지만, 눈꼬리 밑으로 세월의 흔적이 느껴졌다.

'꽤 용감한 아줌마네. 겁도 없이 계곡 밑으로 뛰어내리려는 사람한테 달려오다니.'

"저도 선생님 마음 조금은 알 것 같아요."

그녀의 말에 살짝 기분이 상했다.

'지가 알긴 뭘 안다는 거야!'

나는 상한 기분을 떨쳐내기라도 하려는 것처럼 막걸리 잔을 들어 올렸다.

"아무튼 감사합니다. 제 생명의 은인이나 마찬가지네요."

"선생님도 차~암. 생명의 은인이면 은인이지, 마찬가지는 또 뭐예요?"

그녀가 살짝 눈을 흘겼다. 밉지 않았다. 그녀는 왜 내게로 달려올 생각을 했을까? 일행 중에는 젊은 남자들도 여럿 있던데, 왜 굳이 나이 든 여자가 달려왔을까? 무엇이 그녀를 움직이게 했을까? 아무튼 적극적인 성격임이 틀림없어 보인다. 오늘 같은 날의 말동무로서 나쁘지 않을 것 같다는 생각이 들었다. 누군가에게 털어놓는다는 것이 해결책은 될 수 없겠지만, 기분만은 가벼워지지 않을까 싶었다.

'그래, 손해 볼 것도 없잖아.'

나는 머릿속의 분주함을 털어내고 그녀의 시선을 정면으로 맞받았다.

"정희 씨는 얼굴이 좋아 보이시네요."

"그래요? 걱정이라곤 없는 사람처럼 보이나요?"

"사람들과 어울려서 산에 다닐 정도면 행복하게 사시는 거 아닌가요?"

"죽지 못해 사는 사람도 산에는 다녀요. 선생님도 오셨잖아요?"

"하긴 그러네요. 산이 아니었으면 저도 견디지 못했을 거예요."

"선생님을 죽고 싶도록 힘들게 하는 건 대체 뭔가요?"

그녀가 막걸리 잔을 들어 올리면서 이제 들을 준비가 다 되었다는 눈빛을 보내왔다. 나도 그녀의 질문을 받겠다는 뜻으로 막걸리 잔을 들어 올렸다.

"사는 게 무의미하다는 생각이 들어서요."

나는 막걸리 잔을 도로 내려놓으면서 시선도 함께 떨구

었다. 숙제를 못 해온 초등학생이 선생님 앞에서 고개를 숙인 것처럼.

"단지 그런 이유 때문이라고요?"

여자는 정말 어이없네 하는 표정을 지었다. 참 한심하네 하는 표정도 이어갔다. 그러다가 이내 이쪽에서 무안해하지 않을 정도로 얼굴을 바꾸었다.

"선생님 말씀은, 결국은 아무 문제도 없다는 뜻이잖아요?"

"…"

"큰 병이 드신 것도 아니고, 파산을 하신 것도 아니고."

"병이 없고, 파산을 안 했으면 살만한 건가요?"

"아니, 듣다 보니까 제가 화가 나려고 하네요."

여자가 정색을 하고 다가앉으며 술잔을 내밀었다. 너 이제 단단히 각오해, 하는 것 같았다. 나도 얼떨결에 술잔을 들어서 그녀가 내민 잔에 부딪혀 갔다.

"선생님, 저 같은 사람도 살고 있어요."

술잔을 비운 여자가 내 눈을 똑바로 보면서 목소리에

그림자를 깔았다.

"무슨 말씀이시죠?"

그녀는 그게 뭔 소리냐는 내 반문에는 아랑곳하지 않고 질문을 쏟아내기 시작했다.

"아들이 아픈가요?"

"아니요."

"그럼, 아들이 대학에 못 갔나요."

"아니요. 나름 명문 대학을 나왔죠."

"딸이 아픈가요?"

"아니요."

"딸이 대학에 못 갔나요."

"아니요. 딸도 좋은 대학을 졸업했고요."

"며느리가 마음에 안 드셨나요?"

"아들놈은 아직 미혼입니다."

"사위가 마음에 안 드셨나요?"

"딸도 아직 결혼 전입니다."

"부인이 아픈가요?"

"아니요."

"부인이 바람을 피웠나요?"

"아니요."

"그럼, 선생님의 진짜 문제는 뭔가요?"

"사실은, 20여 년 전에 완전히 쫄딱 망했습니다."

"아, 그래요? 사업을 하셨군요?"

"아니요. 사업을 한 건 아니고요. 그냥 평범한 월급쟁이였어요."

"월급쟁이가 뭐 망할 게 있나요? 실직을 하셨단 얘기인가요?"

"아니요. 실직을 한 것도 아니고요. 원인은 아직도 모릅니다."

"원인을 모른다고요?"

"어느 날 눈을 떠보니, 망해 있더라고요."

"그게 무슨 말씀이세요?"

"빚쟁이들이 벌떼처럼 몰려왔거든요."

"빚쟁이들이요?"

빚쟁이들은 형제들이며, 친척들이며, 친구들이며, 직장 동료들이며 끝이 없었다. 모두들 하나같이 마누라에게 돈을 빌려줬다는 거였다. 마누라가 적게는 몇 백만 원에서부터 많게는 억대에 이르기까지 수많은 사람들의 돈을 빌렸다는 이야기였다. 집에 아픈 사람이 있는 것도 아니고, 무슨 큰일이 생긴 것도 아닌데, 아내가 그 많은 돈을 왜 빌렸는지, 또 그 돈을 다 어디에 썼는지 알 수가 없었다. 남편인 나에게는 한마디 상의도 없이 그 많은 돈을 빌렸다는 게 믿기지 않았다. 하지만 마누라 이름의 차용증들이 제시되었고 마누라도 이를 부인하지 않았다.

"아내분은 그 많은 돈을 어디에 썼대요?"

"모릅니다. 그 얘기는 한 번도 듣지를 못했으니까요."

"네? 그건 또 무슨 말씀이세요?"

"아내는 그 얘기만 꺼내면 히스테리 발작 증상을 보이다가 기절해 버리곤 했으니까요. 매번."

"매번이요?"

"네, 매번. 그래서 20년도 더 지난 지금까지 그 돈이 다 어디로 갔는지 모르고 있습니다."

"아내분에게 죽어도 밝힐 수 없는 무슨 곡절이 있나 보네요."

"뭐 그럴 수도 있겠죠. 하지만 부부가 아닙니까?"

"그러게요. 털어놓고 같이 헤쳐나가는 게 정답일 텐데요."

비난의 대상은 돈이 다가 아니었다. 물론 빌린 돈을 돌려주지 못하는 게 가장 큰 문제였지만, 거기다가 그 돈들이 다 어디로 갔는지 돈을 빌려준 사람들한테 설명할 수조차 없다는 게 또한 문제였다. 돈의 향방을 제대로 설명하지 못하자, 돈을 떼인 사람들은 우리가 그 돈을 어딘가에 숨겨놓고 거짓말을 하는 거라고 다그쳤다. 나라도 그리 생각했을 게 틀림없다. 나는 빚을 갚지 못하는 채무자, 파산자였을 뿐만 아니라 위선자, 파렴치한 인간으로까지 비춰질 수밖에 없는 상황이 되어버렸다. 형제들도, 친척들도, 친구들도, 직장 동료들도 모두 혀를 끌끌 차며 떠나갔다. 너 그렇게 살아서 어디 얼마나 잘 사나 두고 보자 하면서.

"그래서 한 푼도 못 갚았나요?"

"작은 금액은 일부 갚았지요. 하지만 그건 새 발의 피였고, 대부분은 감당할 수 없는 큰 액수였어요."

"그래도 아내분을 이해하고 사셨네요?"

"이해했다기보다는 포기한 거죠. 아이들 때문에도 그렇고요. 그때는 아이들이 어렸거든요."

"아무튼 지금까지 잘 버텨오셨잖아요?"

"버텨요? 아니요. 그냥 목숨만 붙어 있는 거죠. 집을 팔아도 빚을 갚기에는 턱도 없었어요. 당장 네 식구가 길바닥에 나앉게 생긴 거죠. 제 월급에도 차압이 붙었고요."

"그야말로 사면초가네요."

"사면초가요? 거기다가 첩첩산중을 보태야겠네요."

"또 뭔 일이 생겼나요?"

"우리 집에 빚잔치가 있었다는 소문을 듣고 뒤늦게 달려온 친구들이 있었어요. 저와 제 마누라를 끝까지 믿었던 사람들이죠."

"아, 정말 첩첩산중 맞네요."

이때는 정말 화도 나지 않았다. 그냥 헛웃음만 실실 흘리고 다녔다. 하루 종일 실성한 사람처럼. 그런데 아내가 빚 받으러 온 사람들한테 버럭버럭 화를 냈다. 왜 남편이 알게끔 일을 만들고 있냐고, 자기한테 조용히 말하면 될 것을 가지고. 그야말로 적반하장도 유분수였다.

"이때도 아내분은 돈을 어디에 썼는지 말 안 했나요?"

"말 안 했어요. 그 돈들이 다 어디로 갔는지 말은 안 하면서 돈을 돌려달라고 온 사람들한테 악다구니를 퍼부었으니 그 상황이 어떻게 되었겠어요?"

"모든 비난의 화살이 선생님한테 쏟아졌겠네요."

"다 제 집안일이니 어쩌겠어요."

"그다음에는 어떻게 되었나요? 사람들이 순순히 포기하지는 않았을 텐데요."

"당장 내 돈 내놓으라고 난리를 치는 게 인지상정이죠. 하지만 저를 당장 죽인다고 해도 돈이 나올 구멍은 없었어요."

"결국은 길바닥에 나앉았겠네요? 수많은 사람들의 원

망과 저주를 들으면서요."

"그렇게 돌아갈 상황이었죠. 그런데 돈을 가장 많이 떼인 친구가 저를 살렸어요."

"어떻게요?"

"빚쟁이들을 설득한 거죠. 마누라를 사기죄로 감옥에 보내고 저를 파산시켜서 내쫓아도 돈은 나오지 않는다, 이렇게요."

"맞는 말이긴 하네요. 그래서요? 사람들 반응은 어땠나요?"

"이 집에 계속 살면서 직장을 다니게 해야 나중을 기약할 수 있을 거 아니냐는 친구의 설득에 사람들의 마음이 움직였어요."

"좋은 친구네요. 천만다행이기도 하고요."

"저는 죽어도 그 친구를 잊지 못할 겁니다."

"그렇겠네요. 그 어려운 상황에서 숨통을 열어주었으니까요."

"헌데, 그 이후에도 저는 그 친구에게 계속 배신감만 안

겨주었어요."

"왜요? 그건 또 무슨 소리예요?"

"어렵사리 작은 돈이라도 생기면 다른 사람들 돈부터 갚았거든요. 그 친구는 몰라라 하고요."

"그건 또 왜 그랬어요?"

그 친구는 많은 돈을 떼였으면서도 적극적으로 채근하는 법이 없었다. 그러다 보니 나는 매일같이 찾아와서 협박하는 사람들부터 신경을 썼다. 마누라가 내가 다니는 회사 동료, 후배들한테 빌린 돈도 엄청난 규모였기 때문에 회사마저도 그만둘 수밖에 없는 상황이 되어버렸다. 퇴직금을 가지고 아주 험악하게 나오는 사람들 빚을 일부 갚을 수밖에 없었다. 내가 길거리에 나앉지 않게 도움을 준 친구가 결과적으로는 가장 큰 배신감을 느끼게 되었을 게 뻔했다. 그 친구는 우리 집 아이들이 대학에 갈 때까지 만이라도 참아보겠다고 했었다. 아이들이 무슨 죄가 있냐며. 이제, 우리 집 아이들이 대학을 졸업하고 사회생활을 시작한 지도 꽤 되었다. 그런데도 그 친구 돈은 아직 한 푼도 갚지 못했다.

"그 친구가 계속 참아주었나요?"

"그럴 수 있어요, 어디. 그 친구도 사람인데."

"자녀들한테 부탁해서 일부라도 갚을 생각은 안 해보셨나요?"

"아이들한테 손을 벌리지는 못하겠더라고요. 공부하는 동안 뭐 하나 제대로 해준 게 없는데…."

"친구와의 우정과 의리도 중요하잖아요?"

"그렇죠. 그렇게 하지 못한 제가 부끄러울 뿐이죠. 오늘 제가 벼랑 끝에 선 것도 그게 가장 큰 이유였고요."

"참, 대책 없는 분이네요."

"네, 맞아요. 창피한 일이죠. 편의점 알바라도 꾸준히 했으면, 그 친구 돈은 갚고도 남았겠죠. 20년이 넘는 세월이니까요."

"그건 그러네요. 그럼 회사를 퇴직한 후에는 아무 일도 안 하신 건가요?"

"일을 안 한 건 아닙니다. 근데 그게 모두 쓸데없는 짓만 한 셈이 되었죠. 허황된 꿈만 꾸면서요."

"무슨 일을 하셨는데요?"

내가 맨 처음 한 일은 큰돈을 빌리는 일이었다. 그러고는 망해가는 대형 빌딩을 인수해서 리모델링하는 사업에 손을 댔다. 잘 알지도 못하는 분야였는데, 한 번에 큰돈을 벌어볼 욕심에 위험 요소 같은 것은 제대로 검토해 보지도 않았다. 후배 돈 50억 원으로 사업을 시작했는데, 결국은 몽땅 다 날려 버리고 말았다. 복구할 방법이 없게 되자, 나는 내가 빌린 게 아니라 네가 투자한 거 아니냐고 후배한테 억지를 부렸다. 후배는 수십억 원 정도는 금방 동원할 수 있는 부자였지만, 내 주장을 받아줄 리 만무했다. 그래서 또 사람까지 잃고 말았다.

"그 정도 되면 자신을 좀 더 냉정하게 돌아봤어야 하는 거 아닌가요?"

"네, 돌이켜 보면 그 친구가 했던 말이 정확했어요."

"아, 길바닥에 나앉지 않게 도왔던 그 친구 말인가요?"

"네, 그 친구요. 그 친구가 그랬거든요. 돈을 왕창 벌어서 빚진 돈 금방 갚겠다고 허황된 꿈꾸지 말고 편의점 알바라도 시작하라고요."

"그 말을 따랐어야 했네요."

"그런 셈이죠. 그 친구 말대로 편의점 알바라도 꾸준히 했으면 그 친구한테 진 빚 정도는 갚을 수 있었겠죠. 하지만 저는 보란 듯이 재기하고 싶었어요. 사람들 앞에서 나 아직 죽지 않았다고 큰소리치고 싶었어요."

"그래도 자기가 잘할 수 있는 걸 했어야죠."

"네, 맞아요. 큰 회사에 오래 다니다 보면 자기가 모든 걸 다 아는 것처럼 착각하게 되나 봐요. 사실은 그게 다 조직의 힘이었던 건데…."

"세상이 그리 만만하지 않죠."

"그 이후에도 택지를 개발한다고 쫓아다니고, 배달 앱을 만든다고 돌아다니고 했어요. 하지만 이루어지는 것은 아무것도 없었어요."

"생판 해보지 않은 일에만 계속 매달렸나 보군요. 뻔히 예견된 실패들이었는지도 모르겠네요."

"네, 맞는 말씀이에요. 큰 거 한 방의 유혹에 매달려서 쫓아다니다 보니 모든 것이 헛꿈이 되고 말았죠. 빚을 갚은 게 아니라 빚 위에 빚을 계속 쌓아가는 꼴이 되어버렸어요. 마누라 때문에 시작된 일인데, 결국에는 제가 그 위에 더 큰 빚더미를 얹고 말았지요."

"그 정도 되면 가정을 유지하는 것도 쉽지는 않았을 텐데요?"

사실 내 입장에서는 혹시나 하고 기다려 본 측면도 없지는 않았다. 시간이 지나면 마누라가 돈의 향방을 털어놓을 수도 있지 않을까 하는 생각에서였다. 부동산에 투자해서 묶였을 수도 있는 일이었으니까. 나중에 생각해 보니 그것도 터무니없는 기대였다. 토지 같은 데에다가 투자를 했다면 등기에 이름이 오르게 되었을 테고, 세금도 내야 했을 게다. 그런 게 전혀 없었다.

"차명으로 했을 수도 있잖아요?"

"글쎄요? 거기까지는 저도 알 수 없는 일이죠."

"아내분도 뭔가 하기는 했을 거 아니에요?"

"하기는 했죠. 결혼정보 회사를 해보기도 하고, 이것저것 손을 댔지만 수익다운 수익을 낸 적은 한 번도 없었어요."

"아내분은 끝끝내 돈의 용처를 밝히지 않았나요?"

"네. 그러다 보니 아내가 바람이 나서 외간 남자한테 갖다 바친 게 아닌가 하는 추측이 일기도 했어요. 아내가 당시 아파트 부녀회장을 하고 있었거든요. 그래서 그런 소문이 더 그럴싸하게 보이기도 했고요."

"얼마나 힘드셨을지 이해가 되고도 남네요. 하지만 죽는다고 해서 모든 게 해결되는 건 아니잖아요?"

"그렇죠. 아니죠. 근데, 며칠 전이었어요."

"며칠 전에 또 무슨 일이 생겼나요?"

"무슨 일이 생긴 건 아니고요, 그 친구가 절교 선언을 해왔어요. 정은 이미 떨어질 대로 떨어졌겠지만, 얼굴을 보는 것까지 피하지는 않았었거든요. 그런데 친구들 모임에 나오지 말라고 카톡 문자를 보내왔더라고요. 네 얼굴 보면 욕하게 될지 모른다고."

"충격이 컸겠네요?"

"아니요. 그냥 덤덤했어요. 그동안 얼굴을 보며 지낸 게 더 이상했던 거죠."

"그 친구분은 20년도 넘게 참아오다가 왜 갑자기 그랬을까요?"

"제 얼굴을 보면 구역질이 났을 거예요."

"네에? 구역질이요?"

그 친구가 그랬다. 한 달에 10만 원씩이라도 갚으라고. 하지만 매일매일 그럴듯하게 거짓말을 해서 누군가로부터 생활비를 얻어 와야 하는 내 처지에서 한 달에 10만 원도 적은 돈은 아니었다. 그 친구도 내 사정을 알고 있었지만, 최소한의 성의라도, 갚을 의지라도 보여 달라는 것이었을 게다. 게다가 우리 집 아들놈이 올봄에 의대를 졸업했다. 그 친구도 이 사실을 알고 있다. 그 친구 입장에서는 아들이 의사인데 한 달에 10만 원도 못 갚는다는 게 말이 되지 않는다고 생각했을 것이다. 최소한 용돈이라도 받을 게 아니냐고. 하지만 내 입장에서는 해준 게 하나도 없는데 아들놈한테 손을 벌릴 수는 없었다. 아들놈 스스로 아르

바이트하고 학자금 대출받아서 공부했는데….

"어떻든 친구분 입장에서는 서운할 만하네요."

"그래서 제게 유일하게 남아 있던 죽마고우들과의 관계마저도 끝나고 말았습니다. 그 친구는 10만 원 그 적은 돈에 대한 나의 태도에 폭발해 버린 거죠. 최소한의 양심도 없다고."

"그렇다고 뛰어내리는 게 해결책이 될 수는 없잖아요. 가족들에게 씻을 수 없는 상처만 안겨주었겠지요."

"그래요. 정희 씨 말이 맞아요. 정희 씨가 저를 살렸으니 이제 제가 어떻게 하면 좋을지도 좀 알려주세요."

"제게 뭔 해결책이 있겠어요. 하지만 제 얘기를 듣다 보면 선생님이 이 세상에서 가장 힘들고 고통스러운 사람은 아니라는 걸 느끼게 되실 거예요. 죽고 싶어도 죽을 수조차 없는 사람들도 있다는 것을요."

"이제 정희 씨 사연을 들을 차례인가요?"

"네, 제 차례에요. 저는, 접시를 줍는 여자랍니다."

"접시를 주워요?"

"분리수거하는 날인 수요일만 되면 저는 접시를 주우러 다녀요."

"왜요? 무슨 말씀이신지 모르겠네요."

"남들이 쓰다 버린 접시가 제게는 엄청난 보물이에요."

"접시가요?"

"제 아들놈한테 약이거든요."

"약이요?"

"제 아들놈은 접시를 깨야만 진정이 되고는 해요. 한번 흥분하면 그게 유일한 해결책이에요."

"아들이 어디 아픈가요?"

"덩치 큰 어린아이에요. 나이 서른이 넘은."

"네에?"

"자폐증이래요. 30년 넘게 자신만의 세계에 갇혀서 빠져나오지 못하고 있어요."

여자의 눈시울이 붉어지기 시작했다. 목소리도 떨려왔다. 자폐증이라니…. 나는 저절로 무거워진 분위기에 눈 둘 곳을 찾지 못해서 이리저리 여자의 머리 위를 더듬었다.

"제가 왜 좀 전에 아들, 딸, 사위, 며느리에다가 사모님까지 들먹였는지, 이제는 아시겠지요?"

"네, 정희 씨. 드릴 말씀이 없네요. 제가 어떤 말을 해도 위로가 되지는 않겠네요."

"아들놈은 한번 수틀리면 의미를 알 수 없는 괴성을 질러가며 접시를 찾겠다고 온 집 안을 뒤지고 다녀요. 그러고는 접시를 하나하나 바닥에 내리쳐서 모조리 깨뜨리고 나서야 진정이 되고는 해요. 이제 수요일마다 접시를 주우러 다니는 일은 아들놈을 위한 저의 간절한 기도가 되어 버렸어요."

"제가 한없이 부끄러워지네요. 제 아픔을 아픔이라고 엄살을 떨었던 게."

"아니에요. 저마다 자기 아픔은 이 세상에서 가장 큰 거죠."

"자식의 일만은 좀 다르죠."

"그런가요?"

"저는 단지 뒷바라지를 제대로 해주지 못했다는 것 때

문에 자식 앞에 당당히 서지 못하는데, 아들의 장애를 지켜보는 정희 씨 마음은 얼마나 아프시겠어요?"

"처음에는 정말 억울했어요. 하나님은 내게 왜 이러시나? 뭘 잘못했다고? 무슨 큰 죄를 지었다고?"

"그래도 잘 극복해 오신 것 같네요."

"이런 일은 누구한테나 일어날 수 있는 일이란 것을 수긍하는 데만도 꽤 오랜 시간이 흘렀어요."

"그랬겠네요. 이성적으로 이해한다고 해서 다 받아들여지는 것도 아니잖아요."

"네. 그러다가 어느 날 깨달았어요. 아이를 억지로 제지하려고 할 게 아니라, 하고 싶어 하는 대로 그냥 놔두자고."

"인력으로 어쩔 수 있는 일이 아니잖아요."

"그래서 수요일마다 사람들이 버린 접시를 주우러 다니기 시작했어요. 제 맘껏 깨쳐보라고. 집도 아파트에서 단독주택으로 옮겼고요."

"효과는 좀 있던가요?"

"녀석은 쨍그렁쨍그렁 쫘르르르 접시들이 모두 깨져서

산산조각이 나면 무슨 대단한 일이라도 해낸 것처럼 어깨를 펴고 돌아서며 조용해지고는 했어요."

"…."

 나는 입을 열지 못했다. 진정 위로가 될만한 말은 떠오르지 않았다. 왁자지껄 시끄럽던 주막 안도 쥐 죽은 듯이 조용해졌다. 산 밑의 작은 식당이라서, 손님들이 수상한 남녀의 벌거벗은 대화를 모두 엿들은 모양이다. 사람들의 눈가가 모두 불그레하다. 그게 또 막걸리 탓만은 아니란 것도 분명해 보였다. 여자들의 눈가에서는 물기마저 번들거린다. 나는 불쑥 막걸리 잔을 들어 올려서 단숨에 들이켰다. 하늘은 정녕 땅 위의 일에는 관심조차 없다는 말인가? 그녀는 조용히 눈을 감고 끓어오른 감정을 삭이고 있다.

참고인

월간문학 2022년 6월호

여자가 간간이 형사 쪽으로 몸을 기울인다. PC 모니터에 뜬 자신의 진술 내용을 확인하는 모양이다. 짧은 다리를 높게 올려서 꼬고 앉아 있는 폼이 우리에게 시위라도 하려는 의도인 것 같다. 여자는 조사를 받고 있는 동안, 이쪽으로는 한 번도 눈길을 주지 않았다. 그것도 우리를 자극하기 위한 행동으로 보였다. 정말 막 나가기로 작정을 한 것 같다. 아무리 그래도 그렇지, 경찰을 부르고 고소까지 하다니. 물론 이쪽에서도 어느 정도 각오는 하고 시작한 일이긴 하지만. '정말 지독한 년이네.' 하는 생각과 함께 마음을 다잡았다. 고소인에 대한 조사가 끝난 것은 자정을 넘기고도 한 시간이나 지나서였다. 여자는 형사가 조서를 마무리하고 있는 동안에도 이어폰을 귀에 꽂은 채 한껏 거드름을 피우는 자세로 책을 읽고 있다. 너희 한번 당해보라는 몸짓이다.

"좀 있다가 참고인 조사를 할 거니까 여기서 기다리세요."

고소인 조사가 끝나자, 형사는 아내를 자기 책상 앞으로 데려갔다. 고소인은 아내를 가해자로 지목했다. 형사를 따라가는 아내의 어깨가 빨랫줄처럼 축 늘어졌다. 형사의 책상 앞에 놓인 접이식 보조 의자도 오른쪽이 푹 꺼져 있다. 경찰서에서 조사를 받고 있는 게 마치 구치소 안에 들어앉아 있는 기분이다. 출입구 철문에 빗장이 걸리는 소리가 계속 신경을 긁는다. 형사들이 문을 드나들 때마다 '끼~익 끽 끼~익 끽' 쇠를 깎는 소리를 내고 있다. 아내는 몸짓까지 섞어가면서 뭔가를 열심히 설명하고 있다. "폭력은 쓰지 않았다. 폭력은 쓸 생각도 없었다. 내겐 폭력을 휘두를 만한 힘도 없다." 아마도 그런 주장을 하고 있는 것 같다. 자신이 오히려 피해자라고 호소하고 있는지도 모르겠다. 조사는 금방 끝날 것 같지 않다.

건물을 나와서 경찰서 앞마당으로 내려섰다. 방마다 켜놓은 불빛들이 쏟아져 나와서 군데군데 창 밑의 어둠들을 힘겹게 밀어내고 있다. 신도시에 새로 지은 경찰서답게 주차장 너머로는 꽤 넓은 잔디밭이다. 화단 가의 키 작은 조경수들이 엄마한테 혼나고 쫓겨 나온 말썽꾸러기들처럼 별빛을 받으며 시무룩하게 벌을 서고 있다.

"선생님 입장은 충분히 이해를 합니다만, 상대가 있는 문제라서 저희도 어쩔 수가 없습니다. 일단은 조서를 꾸며야겠습니다."

때린 적도 없는데 조서는 무슨 조서냐고 항의해 보지만, 소용이 없다. 형사는 일단 맞은편 의자에 앉으라는 눈짓이다. 능숙하게 PC 모니터의 방향을 자기 쪽으로 돌려놓더니 자판을 두드리기 시작한다. 그러고는 감정이라곤 전혀 섞이지 않은 건조한 말투로 성명과 주민등록번호와 주소를 요구한다. 의도적으로 형식적인 태도를 취하는 것 같다. 나도 묻는 대로 하나하나 뚝뚝 끊어서 무뚝뚝하게 대답했다. 가슴 밑바닥으로부터 뜨거운 불덩이가 끓어오른다. '뭐 이런 × 같은 경우가 다 있나.' 지그시 눈을 감고 이를 앙다문다.

"나이도 있으시고 점잖아 보이시는 분이 어쩌다가 일을 이렇게 만드셨습니까?"

형사의 말은 동정도 아니고 비아냥도 아니다. 그냥 딱 그 중간쯤이다. '죽일 년' 하고 쌍소리가 입안을 맴돈다. 경찰서에 앉아 있다는 것 자체가 견딜 수가 없다. 지금 이 순간에는 여자가 아이와 관계를 맺고 있다는 사실 자체보다도 여자가 경찰을 불렀다는 게 더 화가 나고 괘씸하다.

아내가 오피스텔로 쳐들어가자고 했을 때, 망설여졌던 게 사실이다. 문제를 해결하는 데 도움이 될지, 아이만 더 자극하게 될지 고민이 되었다. 상황을 여기까지 끌고 온 것을 보면, 여자도 단단히 각오를 하고 있을 게 틀림없다. 아내는 "빨리 그년이 있는 곳으로 가자."고 재촉했다. 더 늦기 전에 쐐기를 박아놓지 않으면 안 된다고, 가만히 있는 게 두 사람 사이를 인정하는 것처럼 보여서는 절대 안 된다고 목소리를 높였다. 아내와 함께 집을 나설 때까지도 여자를 찾아가는 게 효과가 있을지, 아니면 부작용만 더 키우게 될지 판단이 서지 않았다.

그래도 어떻든 한 번은 맞닥뜨려야 할 일이었다. 오늘이 적당한 때인지, 이런 방법을 쓰는 게 효과적인지에 대해서는 계속 의문이 들었지만. 우리의 뜻을 정확하게 전달하는 효과는 있을 것 같다. 하지만 완전히 승복하게 만들 수 있을 것 같지는 않다. 우리가 다녀갔다는 얘기는 금방 아이에게 전해질 것이고, 아이가 심하게 반발하면서 문제가 오히려 더 복잡하게 꼬일 수도 있다.

아내는 한순간도 말을 멈추지 않았다. "당장 빨리 가자."는 재촉과, "그년이 곧장 일러바칠 텐데, 아이가 극단적으로 나오면 어쩌지?" 하는 염려를 반복했다. 내가 무슨 말을 해도 진정이 될 것 같지 않아서, 일단은 무조건 아내의 말에 호응해 주었다. "가보는 게 좋겠느냐?"고 물으면, 그렇다고 했다. 부작용은 좀 있겠지만, 일단 가서 상황을 파악해 보자고 했다. "아이가 심하게 반발할 텐데." 하고 걱정하면, 그럼 좀 더 지켜보자고 달랬다. 아내는 쳐들어가는 쪽을 택했다.

차가 출발한 뒤에도 아내는 계속 자기 말을 뒤집었다. 그리고 그때마다 내 동의를 구했다. 불안한 마음을 다잡아 달라는 구조 신호였다. 하지만 나 역시 두렵고 혼란스럽기는 마찬가지였다. 쳐들어가서 우리의 의지를 강력하게 전달하면, 여자가 아이에게서 순순히 물러날지도 모른다. 그러나 여자를 닦달하는 것이 아이의 자존심만 건드려서 오히려 더 나쁜 결과를 초래할 수도 있다.

"처음 만난 곳이 어딥니까?"

형사는 PC 모니터에서 눈을 떼지 않고 질문을 이어갔다. 우리는 일단 여자가 사는 오피스텔로 방향을 잡았다.

어떻게 할지는 맞닥뜨려서 결정하기로 하고. 그러고 나자 아내의 긴장이 좀 가라앉았다. 하지만 나는 가슴이 두근거리고 뱃속이 울렁거렸다. 오피스텔에 도착하면 막상 어떻게 해야 하나? 초인종을 누르고 밖으로 불러내서 조용히 타일러야 하나? 아니면, 문을 박차고 들어가서 난리를 피워야 하나? 문을 두드려도 아예 대답을 하지 않으면, 문을 걸어 잠그고 나오지 않으면 또 어떻게 하나? 난감하기만 한 장면들이 꼬리를 물고 떠올라서 머릿속을 맴돌았다.

"처음엔 오피스텔로 갔었습니다. 그런데, 거긴 아무도 없더군요. 그래서 학원으로 찾아갔습니다."

아이에게 여자가 있다는 것을 알게 된 것은 두 달 전의 일이다. 집 안의 사소한 물건들이 자꾸 없어졌다. 사다 놓은 비누나 치약, 샴푸 같은 생활용품들이 사라졌고, 고추장이나 된장 같은 것을 퍼 간 흔적도 남았다. 대학생이 여자 친구에게 선물할 만한 물건들은 아니었다. 혹시나 하는 생각에 아이의 방을 살펴보았다. 책상 서랍 맨 아래 칸에서 예쁘게 포장된 편지 뭉치가 발견되었다. 누군가 여자의 솜씨로 보였다. 그리고 그 속에는 믿기 어려운 내용들이 들어 있었다. 여자는 아이를 이성으로 보고 있었고, 연인으로 부르고 있었다. 자기란 호칭도 자연스럽게 사용되었다.

편지의 여자는 아이가 중학교 때 다니던 영어 학원의 선생님이다. 아파트 단지 너머의 작은 학원이었다. 영어 전공자는 아니었다. 미국에 가서 영화 쪽 공부를 하다가 돌아왔다는데, 학위는 마치지 못했다고 전해 들었다. 대학을 졸업하고 취직이 되지 않자 무작정 떠난 유학길이었던 모양이다. 아무튼 중학생에게 영어를 가르치는 데는 별문제가 없을 것으로 보았다.

헌데, 얼마 뒤에 도저히 그냥 넘길 수 없는 문제가 발생했다. 여자가 아이에게 영어 공부는 할 필요가 없다고 말했다는 게 전해졌다. 대학에도 갈 필요가 없다고 했다는 것이다. 영어를 배우라고 보낸 학원에서 영어 공부는 할 필요가 없다고 했다니, 또 대학에도 갈 필요가 없다고 했다니 이게 무슨 소린가? 그게 사실이라면, 모른척하고 그냥 넘길 수는 없는 일이었다. 학원 원장에게 사실 확인을 요구했다. 그러자 여자는 자신의 말실수였다고 사과했다. 그러고는 얼마 뒤에 학원을 떠났다. 그 후 여자의 존재는 까맣게 잊혀졌다.

가슴에 불이 났다. 조폭들이 누군가를 땅에 묻는 TV 속 영상이 자꾸만 머리를 어지럽혔다. 여자는 학원을 그만두고도 아이와의 접촉을 계속 이어왔던 모양이다. 그리고 아이에게 영화에 대한 환상을 심어주었다. 영화가 어떻게 세상에 영향을 미치는지를, 또 그 영향력이 얼마나 큰지를 아이의 머릿속에 각인시켰다. 그런 과정을 통해서 여자는 차츰 아이의 우상으로 자리를 잡아갔다. 어느 한 가지에 빠지면 완전히 몰입해 버리는 아이의 성격도 한몫했다. 아이는 대학에 가자마자 연극 동아리에 들어갔다. 학과 공부는 뒷전이었다. 우리는 아이의 변화를 알고 있었지만, 여자가 뒤에 있는지는 알지 못했다.

아이가 나이 들면서 이성에 눈을 뜨는 것은 자연스러운 일이다. 이제 성년의 나이가 된 어엿한 대학생이 아닌

가. 하지만 이건 해도 너무한다. 서른여섯 살이라니. 열여섯 살 차이다. 여자가 두세 살 정도의 연상이라면 모른척할 수도 있다. 아니, 대여섯 살까지도 질끈 눈 감을 수 있다. 화가 나다가도 아이가 오히려 안쓰럽기까지 한 것은 그 때문이다.

"그래서 학원으로 찾아가서 만났나요?"

형사는 모니터를 자기 몸 쪽으로 당겼다. 다른 화면을 열어서 여자가 진술한 내용을 확인하는 것 같다. 여러 사람이 보는 데서 봉변을 주고 싶지는 않았다. 학생들이나 학원 관계자들 앞에서 입장을 곤란하게 만들고 싶지도 않았다. 아이에게서 순순히 물러나 주기만 한다면 굳이 그럴 필요도 없었다. 또 아이를 위해서라도 가급적 조용히 끝내는 게 상책이었다.

학원 앞으로 갔다. 여자가 새로 자리를 잡은 신도시의 학원은 꽤나 규모가 커서 건물 전체를 사용하고 있었다. 학원 사무실이 있는 2층으로 올라갔다. 모두 수업에 들어

갔는지 사무실에는 아무도 없다. 벽면에 걸린 보드 판에서 수업 시간표를 확인했다. 여자의 이름도 있다. 최수영. 사무실을 나왔다. 건물 입구에서 수업이 끝나기를 기다리기로 했다. 아내와 나는 잠복근무하는 형사들처럼 자동차에 앉아서 건물 입구를 뚫어져라 노려보았다.

밤 10시가 되자 학생들이 폭포수처럼 쏟아져 나왔다. 쏟아져 나온 학생들이 길가에 서 있는 십여 대의 학원 버스로 동시에 빨려 들어갔다. 버스마다 앞 유리창 위쪽에 행선지 표시가 붙어 있다. 버스들은 단 몇 분 만에 수백 명의 학생들을 모두 집어삼켰다. 와자하던 소음도 함께 싹 쓸어 담았다. 순식간에 학원 앞길은 썰물이 빠져나간 갯벌처럼 한산해졌다.

잠시 뒤에 30~40대로 보이는 남자 셋과 여자 둘이 건물 입구를 빠져나왔다. 학원 선생님들로 보였다. 눈에 불을 켰지만, 그 여자는 보이지 않았다. 결근을 했는지도 모를 일이다. 30분을 기다려도 더 이상 나오는 사람은 없었다. '오늘은 포기할 수밖에 없겠군.' 하면서 돌아가려고 차에 시동을 거는데, 건물 안쪽으로부터 검은 그림자 하나가 빠르게 움직였다. 하늘색 모자를 깊게 눌러쓴 작은 체구의 여자가 눈에 들어왔다.

"보자마자 시비가 붙었나요?"

형사는 눈으로 계속 모니터를 보면서 대답을 재촉한다. 여자는 우리를 보고도 크게 놀라지는 않았다. 우리는 조용한 곳으로 자리를 옮기자고 제안했다. 여자는 순순히 응했다. 약간 상기된 표정이긴 했지만, 아무 말 없이 우리를 따라왔다. 학원 앞을 한참 지나서 눈에 잘 띄지 않는 2층 커피숍으로 올라갔다.

자리에 앉자마자 아내가 포문을 열었다.

"우리가 누군지는 잘 알 테니, 거두절미할게요. 도대체 어쩌자는 거죠?"

"…"

"아무리 연상이 흔한 세상이라지만, 열여섯 살 차이란 게 말이 된다고 생각해요?"

아내는 열여섯 살의 나이 차를 비집고 들어갔다.

"나이 차는 얼마든지 극복할 수 있어요."

여자는 아내를 똑바로 마주 보며 말을 받았다. 예상했던 대로였다. 여자는 오늘과 같은 날을 대비해 오고 있었던 게 틀림없다. 순간 당황한 것은 아내였고, 나였다. 그렇다고 순순히 물러날 수도 없는 일이었다.

"학원 선생님도 선생님 아니에요? 그런데 어떻게 자기가 가르치는 어린 학생을 상대로 이런 짓을 할 수 있어요?"

아내는 여자의 교육자적 양심을 걸고넘어졌다.

"그때는 그냥 선생님과 학생이었어요. 저희가 사귀기 시작한 것은 아드님이 대학생이 되고 난 뒤고요. 아드님은 이미 스무 살이 넘은 성인이에요."

여자는 한 마디도 지지 않았다.

"둘이 잘해나갈 수 있어요. 그냥 축복해 주시면 안 되나요?"

여자가 오히려 우리를 설득하려 들었다. 아내와 나는 평정심을 잃지 않으려고 노력했다. 아내는 목소리를 더 가라앉히고 그녀를 타이르기 시작했다.

"이봐요. 지금 당장은 서로가 없으면 죽고 못 살 것 같겠지요. 하지만 시간이 지나다 보면 그런 것들도 다 식게 마련이에요."

"…"

"남녀 관계란 게 다 그래요. 그리고 살다 보면 결국에는 현실적인 문제들만 남게 되고…"

"…"

"게다가 우리 애는 아직 학생이잖아요. 정말 어쩌려고 그래요?"

"돈은 제가 벌면 돼요. 몇 년 후면 아드님도 졸업을 할 테고, 그러면 아무 문제가 없어요." 하고 여자가 단호하게 나왔다.

"아이의 장래를 위해서 이런 관계는 도저히 용납할 수가 없어요." 하고 듣고만 있던 내가 말을 받았다.

그러자 여자는 관점을 바꾸었다.

"저는 얼마든지 헤어질 수 있어요. 그런데 아드님이 절대 그럴 수 없대요. 저도 이제는 어쩔 수가 없어요." 하고 아이를 방패로 들고 나왔다.

그 말을 듣는 순간 감정을 억누르고 있던 아내의 목소리가 높아졌다.

"뭐라고요? 철없는 아이가 뭐라 하던 열여섯 살이나 더 먹은 사람이, 어른이란 사람이 먼저 정신을 차려야지, 이게 뭐예요. 아이 인생을 정말 망칠 셈이에요." 하고 쏘아붙였다.

그러자 여자도 맞받았다.

"제가 뭐가 부족해서 그러세요? 저도 대학 나왔고, 미국에 가서 공부도 하고 왔어요." 하고 응수했다.

"지금 그런 게 문제가 아니잖아!"

아내의 말이 더 거칠어졌다.

"그럼, 뭐가 문제죠?"

"상식적으로 생각해 봐! 이게 말이 되는지?"

"뭐가 말이 안 된다는 거죠?"

"너 정말 미친 거 아니야? 네 나이가 몇이야?" 하고 아내가 폭발해 버렸다.

여자가 자리를 박차고 일어섰다.

"먼저 손을 댄 건 누굽니까? 고소인은 사모님이 먼저 손을 댔다고 진술했는데…."

여자가 밖으로 나가자 우리도 황급히 뒤를 따라갔다. 아내가 2층과 1층 사이 층계참에서 여자를 가로막았다.

"가려면 헤어지겠다고 확실하게 대답을 하고 가!" 하고 아내가 윽박질렀다. 젊은 애의 앞날을 좀 생각해 보라는 호소도 빼놓지 않았다.

여자는 이제 무조건 자리를 피하고 보자는 마음을 먹었는지 입을 굳게 다물고 몸을 빼기 시작했다. 점점 더 초조해지는 건 우리 쪽이었다. 옥신각신하면서 1층의 건물 입구까지 내려왔다. 다시 한번 확실한 대답을 요구하던 아내가 몸을 피해 빠져나가려는 여자의 팔목을 잡았다. 그러자 여자가 팔을 홱 뿌리쳤고, 아내의 핸드백이 여자의 옷자락에 걸리면서 길바닥으로 날아가서 떨어졌다. 그 서

슬에 아내에게서 놓여난 여자가 차도로 뛰어들었다. 그러고는 큰 소리로 경찰을 부르기 시작했다. 상황은 전혀 예상치 못한 방향으로 흘러갔다. 우리는 건물 앞에 서서 망연히 여자가 하는 양을 지켜볼 수밖에 없었다.

여자는 때마침 지나가던 순찰차에 뛰어들더니, 아내가 자기를 때렸다고 신고했다. 아내와 나는 어처구니가 없었지만, 파출소를 거쳐서 경찰서까지 따라갈 수밖에 없었다. 경찰서에 도착해서도 여자는 완강했다. 경찰은 "일단 고소를 해서 입건이 되고 나면 쌍방이 모두 조사를 받아야 된다. 밤샘을 해야 될지도 모른다. 그래도 고소를 할 거냐?" 하고 여자의 뜻을 다시 한번 확인했다. 여자는 마음을 바꾸지 않았다. 폭행은 없었다는 내 주장은 받아들여지지 않았다. 가족은 증인이 될 수 없고, 나도 참고인 조사를 받아야 된다고 말을 잘랐다. 여자의 의도가 궁금했다. 아이와 결혼을 하겠다면서 그 부모를 경찰에 고소까지 하는 건 또 뭔가? 자기를 어떻게 생각하든 이제 상관이 없다는 뜻인가? 아니면, 이제 아이와의 관계를 깨끗이 정리하겠다는 것인가?

"병원이 문을 열면 진단서를 떼어 온답니다. 사모님이 먼저 사과하시고 고소를 취하하게 하는 게 어때요?"

형사는 세 사람에 대한 조사를 모두 마치자, 아내가 먼저 사과할 것을 권했다. 그게 오늘의 문제를 가장 빨리 해결하는 방법이라고. 하지만 아내도 완강했다. 때린 적도 없는데 사과는 무슨 사과냐며, 끝까지 해보겠다고 버텼다. 나는 아내를 설득했다.

"똥이 무서워서 피하냐? 일단 고소를 취하하게 하고 다른 방법을 찾아보자." 하고 구슬렸다.

아내는 자신이 교도소에 가는 한이 있더라도, 사과는 할 수 없다고 딱 잘랐다. 아내도 약이 오를만했다. 여자를 훈계해서 아이와의 관계를 정리하게 하려고 왔는데, 오히려 망신만 톡톡히 당하고 있으니. 아내와 나는 한참 동안 서로의 얼굴을 쳐다보고 있다가 거의 동시에 긴 한숨을 토해냈다.

"이렇게 되면 우리가 불리해지는데…. 당신도 일단 진단서를 떼자."

"내 진단서요?"

"그래, 쌍방으로 걸어놔야 일방적으로 당하지 않지. 그 여자가 밀쳐서 다쳤다고 해."

"어디를요?"

"아무 데나. 허리든 목이든 아프다고 우기면 1~2주는 나오게 돼 있어."

우스운 꼴이 되고 말았다. 애초에 아내를 말렸어야 했나 싶었다. 이제 와서 후회를 해본들 무슨 소용인가. 이미 벌어진 일이고, 없었던 일로 되돌릴 수도 없는데. 젊은 세대는 당당하다. 그리고 우리보다 훨씬 더 주도면밀하다. 잘 타이르면 물러날지도 모른다고 생각했다는 것 자체가 뭘 몰라도 한참 모르는 쉰 세대의 순진한 판단이 아닌가.

"정 그러시면, 제가 고소인을 한 번 더 설득해 보지요."

형사가 여자 쪽으로 가서 말을 걸더니 함께 방을 나갔

다. 형사가 조서를 작성하면서 했던 말들이 머리를 스쳤다.

"당사자들의 진술은 대부분 부정확해요. 자신이 했던 행동이지만 실제로 일어났던 상황과는 다르게 기억하고 있는 경우가 많아요. 사모님이나 선생님도 그럴 거예요. 물론, 고소인도 마찬가지고요."

"무슨 뜻으로 하시는 말씀이죠?"

"뭐, 실제로는 때렸을 수도 있다는 거죠. 상당히 흥분된 상태였기 때문에 사모님이 자신의 행동을 정확하게 기억하지 못할 수도 있다는 거죠."

"그건, 고소인도 마찬가지죠. 핸드백이 떨어지면서 스친 걸 가지고 핸드백으로 때렸다고 착각하고 있잖아요."

"CCTV 화면을 확인해 보면 알 수 있겠죠. 증거물이 나오게 되면 빼도 박도 못하는 상황이 되니 원만하게 화해하시는 게 좋겠다는 겁니다."

아내는 굳은 표정을 풀지 않은 채 어둠뿐인 창밖을 계속 응시하고 있다.

"여자가 고소를 취하했습니다."

30여 분 만에 돌아온 형사가 우리에게 법정 선고라도 내리는 것처럼 던진 말이다. 아내와 나는 그 말을 얼른 알아듣지 못했다. '그토록 강경하게 나오더니 갑자기 왜?' 하는 생각이 머릿속을 맴돌았다.

"자기는 애초에 고소할 생각이 전혀 없었답니다. 댁의 아드님이 하도 강하게 닦달을 하는 바람에, 내키지는 않았지만 할 수 없이 고소를 했다고 하네요."

"…"

"…"

"이제 가셔도 됩니다. 밤새 고생하셨습니다. 그리고 너무 상심하지 마세요. 여기 있다 보면 정말 흔하게 접하는 일입니다."

40대 초반으로 보이는 형사는 주섬주섬 책상 위를 정리하기 시작했다. 그의 말이 위로가 되지는 않았다. 자리를 털고 일어서려는데 몸살을 앓고 난 것처럼 다리가 휘청거렸다. 갑자기 마른번개가 친 것처럼 새하얀 현기증도 눈앞을 덮쳐왔다.

"네가 고소하라고 했다며."

"네, 제가 그랬어요. 고소하라고."

아이는 위축되는 기색 하나 없이 단호하게 맞받았다. 거칠게 반응할 거라고 예상은 했지만, 이렇게까지 나올 줄은 몰랐다. 말문이 막혔다. 아내를 돌아보았다. 자신은 나서고 싶지 않다는 뜻인지, 입을 꾹 다물고 있다. 아이가 얻어서 들어온 세 평 남짓의 고시원 원룸은 서로의 불편한 시선을 피할 곳조차 없을 정도로 비좁았다. 경찰서에서 돌아와 보니 아이는 옷가지만 대충 싸 들고 집을 나간 뒤였다.

"그래도 그렇지. 엄마, 아빠를 고소하라고 하는 게 말이 되냐?"

"뭐가 말이 안 돼요? 아버지, 어머니가 잘못하셨잖아요."

"그렇다고 고소까지 하게 하냐?"

"아버지, 어머니는 정신 좀 차리셔야 돼요."

"뭐라고? 이놈이 정말…."

"직장에까지 찾아가서 폭력을 쓴다는 게 말이 돼요?"

"폭력은 무슨 폭력을 썼다고 그래. 우리는 그냥 설득해보려고 찾아갔던 것뿐이야. 열여섯 살이나 더 먹은 선생이 나이 어린 제자를 유혹하는 게 말이 되냐?"

"누가 누구를 유혹했다고 그래요. 저도 이제 다 큰 성인이에요. 어린애가 아니라고요."

"아무리 그래도 열여섯 살의 나이 차이는 도저히 받아들일 수 없다." 나는 단호한 어조로 선을 그었다.

"두 분 다 비겁한 이기주의자예요."

"비겁한 이기주의자? 우리가 뭘 어쨌다고 그딴 소리야?"

"두 분 다 자기 자식밖에 모르시잖아요."

"뭐라고?"

"제가 기무사에 가게 된 것도 아버지 입김이었잖아요?"

"아니, 이 녀석아. 그건 너도 알고 갔잖아?"

"네, 알고 갔어요. 그래도 어쨌든 자기 자식만 챙기려고 하신 건 맞잖아요."

"너도 알고 갔고, 군대 생활도 잘하고 왔으면서, 이제

와서 그게 할 소리냐?"

 아들을 군에 보내는 부모의 심정을 아들 녀석이 어찌 다 알 수 있으랴. 녀석도 아들을 낳고 그 아들이 군에 가는 걸 직접 경험해 보기 전에는. 녀석은 크면서 좀 특이한 성격을 보였다. 다른 사람과 몸이 닿는 것을 극도로 싫어했다. 부모 자식 간의 스킨십조차 쉽지 않았다. 너무 과민반응을 보이다 보니 중고등학교에서도 크고 작은 마찰이 생겼다. 군 생활을 겪어본 사람으로서 걱정이 되지 않을 수 없었다. 그래서 군 간부 출신이 귀띔해 준 대로, 적은 인원이 따로 근무하는 곳으로 배치될 수 있게, 논산훈련소에서의 행동 요령을 조언해 주었을 뿐이다. 누구에게 청탁을 넣은 것도 아니다. 아들을 위해서 알아본 일이긴 하지만, 사실 다른 집 자식들을 걱정한 측면도 컸다. 총기 사고 같은 병영에서의 큰 사건은 대부분 구타와 같은 신체적 접촉이나 모욕적 언사 때문에 일어난다. 녀석은 부모를 고소까지 하게 한 것을 이런 식의 엉뚱한 공격으로 덮어보려는 심산인가 보다. 그렇다고 제 여자 친구를 편들기 위해서 부모가 저를 위해서 애쓴 일까지 문제를 삼다니.

"어머니는 재영이랑은 놀지 말라고까지 했어요."

느닷없이 화살 하나가 아내에게로 날아갔다. 듣고만 있던 아내의 얼굴이 벌겋게 달아올랐다.

"재영이가 아파트 단지의 아이가 아니라는 이유만으로 어울리지 말라고 했어요. 어머니는 정말 부끄러운 줄 아셔야 해요. 그런 게 다 전형적인 중산층 이기주의라고요."

"…"

"…"

운동권인 아이를 지켜보는 일은 하루하루 피를 말렸다. TV 화면이 연기 자욱한 부산 미문화원을 비추던 날, 녀석이 집에 들어오지 않았다. 전화 연락도 닿지 않았다. 가두시위에는 적극적으로 참여하지 않아서 그나마 다행이라고 생각했는데, 얼마 전부터는 낌새가 이상했다. 1시, 2시가 넘어서 들어오는 날이 많았고, 아예 들어오지 않는 날도 있었다. 불러서 앉혀놓고 닦달을 해봐도 소용이 없었다. 언성만 높아졌고 애비로서의 권위만 깎였다. 이제는 거의 두 손을 들어버린 상태다. 녀석을 운동권으로 끌어들인 게 재영이란 친구다. 고1 때부터 시를 쓴다고 껍죽대며 일찌감치 '한예종'을 목표로 했던 괴짜 중의 괴짜다. 당연히 영어, 수학에 열중하는 데는 방해가 되는 친구로 점찍을 수밖에 없었다. 그가 사는 곳을 문제 삼은 적은 한 번도 없다. 아이가 그렇게 지레짐작한 것 같다. 우리는 아이가 그 친구에게 너무 빠지지 않기만을 바랐을 뿐이다. 어차피 아이들 간의 관계나 만남은 우리가 다 알 수도 없었다.

"전 이제 집에 안 들어가요. 그렇게 아세요."

"…"

"…"

아들 녀석은 끝내 우리와 눈을 마주치지 않았다. 아내와 나는 무거운 침묵을 등에 걸머진 채 터덜터덜 고시원 건물을 빠져나왔다.

"당신은 그렇게밖에 못 해요?"

"그렇게밖에 못 하다니, 그건 또 뭔 소리야?"

"그렇잖아요. 왜 좀 더 단호하게 못 해요, 당신은?"

내내 입을 꾹 닫고 있던 아내가 아들한테서 맞은 화살을 뽑아 들고 나를 향해서 날리고 있다.

"뭘 어쩌라고 그래?

내 목소리가 높아졌다.

"아빠란 사람이 이리 물러 터져서야 원. 그러니 애가 저리 삐딱하게 나오지…."

아내는 혼잣말하듯이 나를 힐난하면서 혀까지 끌끌 찼다.

"나도 최선을 다하고 있어."

"뭐가 최선이에요. 강제로라도 끌고 나왔어야죠."

"그게 가능했을 것 같아? 당신도 봤잖아, 얼마나 완강한지…. 며칠 두고 보자고. 시간이 지나면 녀석도 좀 수그러들겠지."

"그새 그년이 또 와서 붙어 있으면 어떡해요?"

"그래도 당장은 뾰족한 수가 없잖아. 더 이상 애를 자극할 수도 없는 노릇이고."

"당신은 언제나 오늘처럼 피하기만 했어요. 매번 나 혼자서만 발을 동동 구르고…."

"…."

"애들한테 무슨 문제가 생겼을 때, 당신이 한 번이라도 적극적으로 나서본 적이 있어요? 오늘도 당신은 참고인이었을 뿐이잖아요."

차가 강변북로로 접어들자 아내는 시선을 앞으로 고정한 채 켜켜이 묵혀왔던 감정들을 쏟아내기 시작했다. 앞차들의 미등 행렬이 가다 서다를 반복하면서 벌겋게 달아오른 짜증을 왈칵왈칵 토하고 있다.

밥은 꽃보다 무겁다

"뭘 먹었다고요?"

"약이요 약. 수면제요."

"…"

박 교수의 목소리가 우르릉~ 우르릉~ 산을 타고 넘어온 천둥소리 같다. 가슴이 벌렁거린다. 숨을 크게 내쉬고 잠시 말머리에 뜸을 들였다.

"위독한가요?"

"깨어나지 못할 수도 있대요."

"…"

"어머니가 서재를 들여다본 게 2시쯤이래요. 약을 먹은 건 자정 무렵이었나 봐요."

"…."

"약을 꽤 많이 먹은 것 같아요. 위세척을 했는데도 깨어나지 못하는 걸 보면."

"…."

내 반응이 크지 않다고 느꼈는지 박 교수의 목소리가 시들해졌다. 그래도 전화를 바로 끊지는 않았다. 마누라의 잔소리가 날이 갈수록 점점 더 심해지고 있다는 푸념을 늘어놓기 시작했다. 자기 집 애들이나 학교의 학생 녀석들이나 싸가지 없기는 매한가지라는 넋두리도 이어 붙였다. 나를 위로하고자 하는 박 교수 나름의 시도인 것 같다. 그러고 나서는 잠시 숨을 고르더니 또 전화하겠다는 인사말을 건네 왔다. 머릿속이 들끓어서 핸드폰 너머의 목소리에 집중하지는 못했지만, 나를 위해서 애쓰는 박 교수의 마음만은 온전히 전해졌다. 10년 이상을 함께해 온 동료 교수다. 그가 아니면 이런 소식을 전해줄 사람도 없다. 게다가 다른 이들이 뭐라고 하든 상관하지 않고 나를 응원해

주고 있는 사람이 아닌가.

　자작자작, 자그락자그락 빗소리가 고르다. 오늘 밤에 다시 잠들기는 힘들 것 같다. 비는 금세 땅에 스미는 모양이다. 빗소리가 추적추적 들러붙는다. 빗방울이 먼저 떨어진 빗물 위를 때리는 소리가 아니라 풀잎을 적시는 소리에 더 가깝다. 문틈으로 새어 들어온 빗소리가 늙은 마법사가 주문을 외듯 느릿느릿 지나간 시간들을 풀어놓는다.

　신 선생의 얼굴이 눈앞에서 확대된다. 내 삶을 송두리째 무너뜨린 여자다. 하지만 미워할 수는 없다. 미워해서도 안 된다. 그녀를 탓할 수는 없다. 내 잘못된 처신으로 인해서 비롯된 일이 아닌가. 그래도 속은 쓰렸다. 그녀에게 대학원 진학을 권유했다. 석사학위 과정과 박사학위 과정도 지도했다. 또 모교에 남아서 자리 잡게 되기를 바랐다.

　밝고 총명했다. 무엇보다 나를 따랐다. 학부를 졸업하고 대학원 진학과 함께 내 연구실의 조교를 자원했다. 동료 교수들은 내 방에 올 때마다 힐끗힐끗 신 선생 쪽을 살피고는 "정말 말상이네요." 하고 귓속말을 건네곤 했다. 흉을 보는 것도 아니고 시샘을 하는 것도 아니었다. 딱 그 중간쯤이었다. 뭐라고 설명할 수는 없었지만, 나는 그 긴 얼굴이 편하게 느껴졌다. 서두르지 않는 충청도 특유의 여유로운 말투가 돌아가신 어머니를 떠올리게 해서였는지도 모르겠다.

차라리 따귀라도 한 대 때렸더라면, 그러고는 문을 박차고 뛰쳐나갔더라면, 아니, 일본 출장만이라도 함께 가지 않았더라면, 오늘과 같은 일은 발생하지 않았을지도 모른다. 약을 먹는 것 같은 극단적인 선택만은. 닛코에서 방이라도 따로따로 잡았더라면, 내가 그녀와 선을 넘는 관계로까지 발전하지는 않았을 게 아닌가.

나를 '거역할 수 없었을 존재'로 규정했다. 문제를 키우려는 측에서는, 아마도 그랬을 거라며 그녀가 진술한 것 그 이상을 들먹였다. 남자 교수와 여자 조교가 관련된 사건이었기에 사람들의 호기심을 자극하는 것은 어쩔 수 없는 일이었다. 그나마 사태를 조기에 잠재울 수 있었던 것은 나의 솔직한 태도와 학교에서의 발 빠른 퇴장이었다. 변명 같은 것은 한 마디도 하지 않았다.

정년 퇴임하는 선배 교수 자리에 그녀를 추천했다. "여자 전공자가 점점 늘고 있으니, 이번 기회에 우리 원자력공학과에도 여교수 한 명쯤은 있어야 되는 거 아니야." 하는 말을 덧붙이면서. 그렇게 결론이 나는 걸로 믿었다. 원자력 시스템 공학을 선택한 신 선생의 전공 분야나 강의 실적, 연구 실적으로 볼 때 다른 변수는 없을 거라고 믿었다. 학과의 커리큘럼 구성상으로도 그게 자연스러웠다. 총장이나 재단에서도 별다른 의견을 내놓지 않았다.

3년 전 여름, 여름방학이 끝나가던 8월 말이었다. 아내가 장모님 무릎 수술 때문에 친정에 가 있을 때였다. 우연의 일치라고는 해도, 사건이 일어난 과정을 되짚어 보면 꼭 일이 그리 되려고 그랬던 것처럼 보일 때가 있다. 후드득후드득 나뭇잎을 때리는 빗소리가 회상의 고리를 끊어놓는다. 빗방울이 제법 굵어진 모양이다. 바람도 일고 있는 것 같다. 이불을 벽 쪽으로 밀치고 침대 밑으로 발을 내리며 몸을 일으켰다. 벽을 더듬어서 불을 켰다. 한 칸짜리 방 안이 한눈에 들어온다.

북한강이 내려다보이는 이곳에 집을 장만한 것은 5년 전의 일이다. 그게 이렇게 쓰일 줄은 몰랐다. 비어 있는 농가를 구입해서 손을 보았다. 사랑채는 뜯어서 마당을 넓혔고, 안채는 골조만 살려서 입식 구조로 바꾸었다. 아내가 벌레들 때문에 질색하는 바람에, 혼자 지내기에 적당한 규모로만 꾸몄다. 기름보일러를 놓았고, 싱크대를 설치했다. 집에서 쓰던 침대를 가져다가 매트리스를 걷어내고 나무판자를 깔았다.

서울을 떠나오길 잘했다. 더 이상 미련을 가질 일도 없다. 내가 어디에 어떤 모습으로 있든 괘념치 않고 부르면 달려와 줄 친구들이 있으니 그것으로 족하다. 몸도 오히려 좋아졌다. 비염이 사라졌고 허리도 꼿꼿해졌다. 맑은 공기에다가 하루하루 산에 오르며 키워가는 근력 덕분이리라.

하지만 새로운 이웃들이 건네는 담금주를 마다하지 않아서 찾아온 속 쓰림만은 어쩔 수가 없다. 술이 아니래도 속은 매일 쓰렸다.

　책상 앞으로 다가가서 의자를 빼놓고 걸터앉았다. 물컵을 들어서 입안을 적셨다. 그녀가 집에 온 것이 화근이었다. 의논드릴 일이 있다고 해서 그러라고 했다. 우리 집은 신 선생에게 생소한 곳이 아니었다. 자주라고는 할 수 없었지만, 일이 있으면 언제든지 들르고는 했었으니까. 단지 아내가 없다는 걸 계산에 넣지 못한 것은 순전히 내 불찰이다.

　게으름을 피우다가 늦게 일어나서 토스트 두 쪽을 구워 먹고 나니 9시 33분이었다. 10시에 오라고 했으니까 27분이 남았다. 세수를 하려고 욕실로 향했다. 머리에 까치집까지 지어서 몰골이 말이 아니었다. 샤워를 하는 게 낫겠다는 생각이 들었다. 거울에 김이 서리지 않게 문을 살짝 열어놓고 샤워를 시작했다. 머리를 감고 세수를 한 다음, 비누칠을 해서 온몸을 구석구석 문질렀다. 부드러운 비누 거품을 뒤집어쓴 채 미끄러지듯 스치는 스스로의 손길에 착각을 일으켰는지, 주요 부위가 팽팽하게 부풀었다. 혼자 보기에도 민망한 모습에 얼른 샤워기 밑으로 들어가서 풍성해진 거품을 쓸어내렸다.

샤워를 마치고 나와 보니 신 선생이 거실 소파에 동그마니 앉아 있다. 흰색 민소매 블라우스 차림이다. '저리 입고 에어컨 바람을 맞으면 안 좋을 텐데.' 하는 생각을 하면서,

"문이 열려 있었어?" 하고 물었다.

"아니요, 제가 열고 들어왔어요. 사모님은 안 계신가 봐요?" 하는 물음표가 달린 대답이 돌아왔다.

"어, 장모님이 편찮으셔서 친정에 갔어." 하고는 안방으로 들어갔다. 얼굴에 로션을 바르고, 드라이어로 대충대충 머리를 말렸다.

20분 안에 샤워를 끝낸다는 것이, 수염을 깎다 보니 좀 길어졌다. 외출이 없을 때는 이틀에 한 번꼴로 면도를 하는데, 샤워를 하다 보니 면도까지 하게 되었다.

번쩍하고 번갯불이 방 안을 대낮처럼 밝히더니, 우르릉~ 쾅~ 우르릉~ 쾅~ 쾅~ 요란한 천둥소리가 꼬리를 문다. 어른들은 더 이상 번갯불과 천둥소리를 두려워하지 않는다. 빛과 소리만으로는 아무 일도 일어나지 않는다는 것을 알게 되었기 때문이다. 그래도 천둥과 번개가 가까워지면 몸과 마음이 움츠러드는 것은 어쩔 수가 없다. 스스로는 자신의 죄를 알고 있다는 듯이.

"샤워하시는 것 같아서 냉커피 타 마시고 있었어요."

"어? 응, 잘했어. 밖에 무지 덥지?"

"네, 습도까지 높아서 아주 한증막이에요."

"에어컨 켜놓았는데, 덥지 않지?"

"네, 적당해요. 딱 좋아요. 교수님도 냉커피 드실래요?"

"응, 좋지."

 신 선생이 커피 머신이 놓여 있는 식탁 쪽으로 향한다. 나도 쏟아진 머리를 쓸어 올리며 그 뒤를 따라갔다. 그녀가 싱크대 위의 찬장을 열고 커피 통을 꺼내 든다. 커피 머신에 커피 가루를 떠 넣고, 물을 채우고, 컵을 올린 다음, 작동 버튼을 누른다. 지~ 잉~ 하는 기계음을 따라서 커피가 흘러나오기 시작한다. 냉장고의 물병을 꺼내서 흑갈색 커피 위에 차가운 물을 채운다. 얼음 트레이를 꺼내 들고 투명한 사각 얼음 세 개를 손가락 끝으로 하나하나 집어서 냉커피 위에 띄운다. 빠른 손놀림으로 능숙하게 이루어지고 있는 그녀의 동작 하나하나가 크게 확대되어 눈에 들어온다.

그녀가 냉커피와 얼음이 찰랑이는 컵을 들고 내게로 돌아섰다. 투명 유리컵을 받쳐 든 그녀의 두 손이 아기 손처럼 여려 보인다. 가지런히 포개어진 손가락들이 희고 갸름하다. 순간, 윤 화백의 얼굴과 손이 겹쳐 들면서 머릿속이 안개처럼 뿌옇게 흐려졌다. 컵을 잡으러 나가던 내 손이 그녀의 손까지 덥석 감싸버렸다. 그녀의 두 눈이 동그래졌다. 하지만 잠시 움찔했을 뿐 손을 와락 빼지는 않았다. 손마디 걸림 하나 없는 보드라움에 온몸의 세포들이 일시에 멈춰버린 것처럼 정신이 아득해졌다. 흔들리던 그녀의 시선이 초점 없는 내 눈을 피했다. 머릿속의 전두엽 세포들이 일제히 깨어나서 제발 좀 정신 차리라고 아우성이다. 새하얀 현기증 속에서 중심을 잃은 내 머리가 신 선생 쪽으로 기울었다. 그때 신 선생이 몸을 살짝 오른쪽으로 틀었고 내 머리통은 신 선생의 왼쪽 어깨 위로 떨어졌다. 그러자 신 선생이 한 발짝 뒤로 물러나면서 몸을 빼갔다. 나는 휘청거리는 몸을 가누면서 겨우 정신을 차렸다. 우리는 어정쩡하게 서 있다가 각자의 방향으로 긴 호흡을 토해낸 후, 아무 일 없었던 것처럼 소파로 돌아왔다. 그러고는 가을 학기의 학사 일정과 행사 일정을 검토하기 시작했다.

신 선생은 변함이 없어 보였다. 변한 것이 있다면 말수가 좀 줄었다는 것뿐이었는데, 그녀의 속마음을 헤아릴 수는 없었다. 나는 애써 태연을 가장했다. 하지만, 신 선생을 볼 때마다 어색한 동작을 반복하고는 했다. 고개를 돌려서 헛기침을 하거나 어, 어 하고 말을 더듬었다. 그렇게 두 달여가 지나서 가을이 되었고 3박 4일의 일본 출장 일정이 잡혔다. 출장 계획을 알게 된 신 선생이 자기도 함께 가겠다고 나섰다. 일본 원자력학회가 초청하는 학술세미나였다. 후쿠시마 원전 사고 이후에 부쩍 관심이 높아진 원전의 안전 관리가 주 테마였다. 신 선생의 전공 영역이기도 했다. 그녀의 요청을 받아들이지 않을 수 없었다.

도착 첫날은 도쿄전력을 방문해서 원전의 안전 관리 현황에 대해서 브리핑을 받았다. 그들은 브리핑 말미에 후쿠시마 원전의 오염수 처리 계획에 대해서도 설명했다. 다음 날은 하루 종일 도쿄대에서 진행된 세미나 일정에 참여했다. 3차까지의 세션을 모두 소화하고 오후 6시경에 호텔로 돌아왔다. 그러고는 신 선생과 함께 신주쿠의 우동 맛집을 찾아가서 저녁을 먹었다. 자루우동과 함께 사케도 한 잔씩 주문했다. 볼이 발그레하게 취기가 오른 신 선생이 먼저 입을 열었다.

"교수님, 도쿄 근처에 가볼 만한 데가 어디예요?"

"하코네가 제일 가깝고 유명하지."

"거긴 가봤어요. 부모님과 패키지 투어로요. 다른 데는요?"

"글쎄, 닛코 정도면 하루에 다녀올 수 있지."
"거긴 뭐가 있는데요?"
"도쿄 가까이에 그만한 풍광도 없지."
"그래요?"
"멋진 호수와 폭포가 있고, 지그재그로 올라가는 고갯길의 단풍도 환상적이고. 암튼 가볼 만해. 특히 가을에는."
"교수님, 내일 세미나 제치고 닛코 갔다 와요."
"그래도 명색이 초청 세미나인데, 얼굴은 비쳐야지. 다른 학교 선생들도 있고…."
"그럼, 오전 세션만 마치고 떠나요. 점심은 기차에서 먹고요."
"그럴까. 일정이 너무 빠듯할 텐데."
"하룻밤 자고 오면 되잖아요?"
"오후에 출발하면 돌아오기 힘들긴 하지. 호텔 예약이 가능할지 모르겠네. 단풍철에다가 수학여행 시즌이라…."
"교수님, 제가 호텔 프런트에 부탁해 볼게요."

호텔로 돌아와서 프런트로 향하는 신 선생에게 가급적

주젠지 호수가 내려다보이는 방을 잡아보라고 귀띔했다. 공식적인 일정을 벗어나서 단둘이 여행을 가는 게 걱정이 되기는 했지만, 두 사람 사이의 어색해진 분위기를 바꿀 수 있는 기회가 될 수도 있겠다 싶었다.

다음 날, 첫 번째 세션의 세미나를 마치고 닛코행 열차에 올랐다. 신 선생은 소풍날 아침의 초등학생처럼 들떠 보였다. 나도 가벼운 흥분이 올라와서 좀체 가라앉지 않았다. 박하사탕을 삼킨 것처럼 가슴 속이 화했다. 열차 안이 왁자지껄 시끄럽다. 고2나 고3쯤 되어 보이는 남녀 학생 20여 명이 단체로 단풍놀이를 가는 모양이다. 신 선생이 학생들과 인사를 나누고는 닛코에서의 숙소는 어디로 잡았는지, 또 어디어디를 둘러보려고 하는지 물어보고 있다. 고등학생들이 남녀로 짝을 지어서 여행을 가고 호텔에 든다는 게 납득이 되지 않았다. 나는 일본 말을 못 알아듣는 척 눈을 감고 잠을 청했다.

닛코역에서 학생들과 헤어진 후, 역 근처를 이리저리 산

책하다가 우동집에 들어가서 기차에서의 부실했던 점심을 보충했다. 줄 선 보람을 느낄 정도로 면발이며 국물이며 입에 넣는 순간 감탄사가 절로 나왔다. 버스를 타고 왼쪽으로, 오른쪽으로 몸이 쏠려가며 180도 급커브가 즐비한 이로하자카를 넘었다. 버스 안에서도 학생들이 많아서 시끄럽기는 마찬가지였다. 하지만 차창으로 쏟아져 들어오는 단풍 파노라마에 정신이 팔려서 왁자한 소음마저도 아득하게만 느껴졌다.

버스에서 내리자마자 바로 게곤 폭포로 향했다. 단풍 계곡 사이로 떨어지는 97m의 시원한 물줄기가 긴 물보라를 만들고 있다. 신 선생 입에서 "와아~" 하는 탄성이 터져 나왔다. 가을이 깊은데도 물줄기가 마르지 않고 수량이 풍부하다. 신 선생이 내 손을 잡아끌어서 어깨를 맞댄 채 폭포를 배경으로 사진을 찍었다. 신 선생의 즐거워하는 모습에 마음이 한결 가벼워졌다. 어색했던 내 행동도 많이 자연스러워졌다. 해가 지기 전에 주젠지 호수를 볼 욕심에 발걸음이 빨라졌다. 동조궁, 후타라산 신사, 닛코산 린노지 같은 유적들은 내일 아침에 둘러보기로 했다.

주젠지 호수에 도착해서는 유람선부터 타고 호수를 한 바퀴 돌았다. 신 선생은 연신 핸드폰의 카메라 셔터를 눌러댔다. 해발 1,269m 높이에 위치한 주젠지 호수와 난타이산 자락 단풍은 세미나 일정을 빼먹고 달려온 보상을 해주고도 남았다. 두 번째 방문인 내게도 닛코의 가을 풍경은 정말 꿈결처럼 느껴졌다. "닛코를 보지 않으면 일본을 본 게 아니다."라는 말이 진정 헛말이 아니었다. 피곤이 몰려와서 저녁은 숙소인 호텔에서 해결하기로 하고 리츠칼튼닛코호텔로 향했다. 호텔 로비에 들어서자 신 선생이 앞장서서 카운터로 향했다. 내가 소파에 엉거주춤 앉아서 기다리는 동안 체크인을 하고 출입카드를 받아왔다.

"몇 층 몇 호야?"

"5층 503호에요."

"503호? 또 하나는?"

"네? 방은 하나만 잡았는데요."

"…"

"호수 뷰가 딱 하나밖에 없었어요."

"…."

"방값도 너무 비쌌고요."

"…."

"교수님, 전 괜찮아요."

"…."

나는 아무 말도 하지 못했다. 머릿속이 혼란스러워서 대꾸할 적당한 말이 떠오르지 않았다.

호텔 방에 들어서자 신 선생이 통창의 커튼부터 열어젖혔다. 호수가 한눈에 들어왔다. 때마침 유람선이 그 앞을 지나갔다. 기울어진 저녁 햇살이 호수 면 위로 화살 비처럼 쏟아졌다.

"와아~ 교수님, 정말 멋져요!"

신 선생이 양팔을 벌리고 가슴을 활짝 펴며 숨을 크게 들이마셨다.

"이야~ 정말 죽이네!"

젊어서 보았던 주젠지 호수의 운치와는 또 다른 느낌이

다. 차분히 가라앉아 있다고나 할까? 석양에 바라보는 풍경이라서 더 그런 것 같다. 자연스러워진 분위기에 긴장이 풀리면서 몸의 일부가 부풀어 오르기 시작했다. 신 선생이 내 몸의 변화를 눈치 채지 못하게 급히 화장실로 향했다.
"교수님! 저녁에는 초밥 먹고 싶어요!"
신 선생이 호수 쪽에 시선을 박아둔 채 큰 소리로 외쳤다.
"그러지 뭐. 점심에 우동 먹었으니까."

내가 퇴임하는 자리에는 김 군이 오는 걸로 결론이 났다. 내가 유학준비 과정을 도왔던 제자로, 엠아이티(MIT)에서 석사와 박사 학위를 받았다. 신 선생보다 3년 선배다. 다음 회기에 교육위원장이 유력시되는 국회의원이 김 박사의 임용에 관여했다는 소문이 돌았다. 김 군의 외가가 유력 언론사의 사주라는 이야기까지 덧붙여졌다. 총장이나 재단이 설명은 모호하게 하면서도 태도는 단호했던 이유를 알 것도 같다. 그렇게 후임이 결정되고 얼마 지나지 않아서 내 이름자의 이니셜이 온라인상에 떠다니기 시작했다.

학생회관 앞에 대자보까지 붙게 되자 학교에서는 진상조사위원회를 꾸렸다. 미디어커뮤니케이션학부의 장 교수를 위원장으로, 5명의 교수가 진상조사위원으로 위촉되었다. 원자력공학과는 물론이고 공대 교수들은 모두 배제되었다. 학교 밖에서는 우려를 했지만, 내가 교수들과의 친분을 이용해서 뭘 어쩔 수 있는 상황은 아니었다. 하나같이 몸을 사렸다. 다들 전화조차 받지 않았다. 엉뚱한 방향으로 불똥이 튀는 걸 두려워하는 건 어느 사회나, 어느 조직에서나 마찬가지다.

신 선생은 여름날의 사건을 문제 삼았다. 그날 이후 계속해서 압박감과 무력감을 느껴왔다고 주장했다. 그날 내가 자기 손을 잡았고, 그런 자세로 자기 눈을 보다가, 자기 쪽으로 머리를 기울였다고 진술했다. 모두 사실이었다. 나 역시 내가 했던 행동들을 부인하지 않았다. 신 선생의 손을 잡았고, 그 상태로 그녀의 눈을 보다가 그녀 쪽으로 머리를 떨어뜨렸다. 그런 상황이 몇 초 동안이나 지속되었는지는 기억 속에서 명확하지 않다.

  나는 있었던 상황 그대로를 솔직하게 진술했다. 내 감정을 앞세우거나 변명을 늘어놓지 않았다. 유리와 불리를 따져서 그리 한 것은 아니었는데, 결과적으로는 그런 답변 태도가 진상조사 위원들에게 신뢰를 주었던 모양이다. 그날 그런 일이 있고 난 후에 신 선생이 우리 집을 곧바로 떠나지 않았고, 볼일을 끝까지 다 보고 난 다음에 갔다는 점도 유리하게 작용했다. 교수로서 또 남자로서 비굴하게 보이고 싶지는 않았다. 구차하게 보이고 싶지도 않았다. 실상 내가 그때 어떤 감정 상태였는지는 나 자신도 명확하게 설명할 수가 없다. 정신이 잠깐 나갔다거나, 살짝 미쳤었나 보다고 말하고 싶은 심정이 가장 컸다. 하지만 그런 말들은 너무 상투적이란 느낌이 들어서 입 밖에 내놓지 않았다. 뭐라고 변명을 하던 내가 신 선생의 손을 잡은 것만은 분명한 사실이다. 부인할 수 없다. 내 무의식 속에 숨어 있던 무언가가 불쑥 튀어나왔던 게 틀림없다.

  진상조사위원장을 맡은 장 교수는 내가 계획적이었다

는 쪽으로 몰고 가려는 의도가 역력했다. 내가 일부러 아내가 없는 날을 골라서 신 선생을 집으로 부른 게 아니냐고 압박했다.

"교수님께서는 왜 굳이 신 조교를 집으로 부르셨나요?"

"제가 부른 게 아닙니다. 신 조교가 집으로 오겠다고 한 거죠."

"네, 그런가요? 그렇더라도 사모님이 집에 안 계시면 신 조교한테 밖에서 보자고 했어야 되는 거 아닌가요?"

"거기까지는 생각하지 못했습니다. 전에도 상의할 일이 있으면 집으로 오고는 했었으니까요. 그날도 별생각 없이 그러라고 했습니다."

"신 조교의 손을 잡고 눈을 보고 있다가 신 조교 쪽으로 고개를 숙인 건 키스를 하려고 하신 것 아닙니까?"

장 교수는 내 머리가 신 선생 어깨 위에 놓였던 상황도 그냥 넘어가지 않았다.

"아닙니다. 현기증이 나서 머리를 제대로 가누지 못했을 뿐입니다."

장 교수는 욕실 문도 의도적으로 열어놓은 게 아니냐고 몰아세웠다.

"여자 조교가 집으로 온다는 것을 알면서도 샤워를 시작하셨어요. 그것도 욕실 문을 열어놓은 상태로요. 상식적으로 말이 된다고 생각하세요?"

"신 조교가 오기 전에 끝낼 수 있을 것으로 생각했습니다. 시간이 충분했었으니까요. 그리고 욕실 문은 아주 조금만 열려 있었습니다."

장 교수는 신 선생의 진술을 듣는 자리에서도 유도심문 하듯이 이 세 가지 대목에 집중했다고 전해졌다. 신 선생은 장 교수의 질문에 한참 동안 말이 없었다고 한다. 그러더니 집으로 온 것에 대해서는 의논할 일이 많아서, 시간이 길어질 것 같아서 교수님 댁으로 가는 게 좋겠다고 생각했다고 진술했다. 화장실 문이 열려 있었던 것에 대해서는 특별히 의식하지 않았다고 진술했다. 하지만, 교수님이 자기 손을 잡았고, 자기 눈을 보다가, 자기 쪽으로 머리를 기울인 것만은 틀림없는 사실이라고 진술했다. 교수님의 눈을 피해서 고개를 돌리고 있던 상황이었기 때문에 직접 보지는 못했지만, 교수님이 키스를 하려는 것 같다는 느낌도 받았다고 덧붙였다.

내가 머리를 신 선생 쪽으로 떨어뜨린 것이나 욕실 문을 열어놓고 샤워를 한 것은 크게 쟁점화하지 않았다. 장 교수 이외의 다른 조사위원들은 말을 아끼면서 중립적인 태도를 취했다. 나는 키스를 하려고 했으면 그렇게 어설프게 했겠냐며, 키스를 하려는 의도는 전혀 없었다고 항변했다. 욕실 문을 열어놓고 샤워를 한 것도 그냥 생활 습관 중의 하나일 뿐이라고 주장했다.

신 선생은 손이 잡히는 순간, 처음에는 무척 당황했고 다음에는 부끄럽다는 생각뿐이었다고 진술했다. 교수님이 민망해 하실까봐 강하게 뿌리치지는 못했지만, 상당히 부끄러웠다며 눈물을 보였다. 신 선생의 진술 중에서 가장 핵심적인 부분이다. 내가 뭐라고 반박할 수 없는, 오로지 피해자만이 주장할 수 있는, 어떻게 느꼈느냐의 영역이다. 신 선생은 자신이 받은 상처의 크기만큼은 분명히 하고 싶은 것 같았다.

　신 선생은 일본 출장길에 있었던 일과 그 이후의 관계는 밝히지 않았다. 그녀의 복잡한 심사가 짐작되는 대목이었다. 그녀를 아끼고 사랑하는 만큼이나 가슴이 아프고 쓰렸다.

　진상조사위원회는 대면 조사를 마치고 일주일 뒤에 조사 결과를 발표했다. "남자 교수의 여자 조교에 대한 명백한 성추행이다." 하고 결론을 내렸다. "하지만 위계에 의한 지속적인 성추행이라고 보기는 어렵다."는 의견도 함께 달았다. 조사 결과를 넘겨받은 징계위원회가 해임을 최종 의결했다. 대자보를 붙였던 조교들 모임에서는 즉각 반박문을 게시했다. 납득할 수 없는 솜방망이 징계라고, 2차 가해나 마찬가지라고 맹비난했다. 학생들의 찬반 댓글이 반박문 밑을 뜨겁게 달구었다. 그만하면 되었다는 의견도 일부 있었지만, 좀 더 강하게 처벌해야 된다는 주장이 훨씬 더 많았다.

나는 진상조사위원회의 조사 결과와 징계위원회의 징계 결정에 토를 달지 않았다. 퇴직연금만은 지켰다는 안도감이 사회적 비난이 몰고 오는 공포를 반감시켜 주었다. 주위 사람들의 경원 분위기에도 차츰 둔감해져 갈 것이다. 밥의 엄중함이 이런 것인가 보구나 싶었다. 위기에 대응하는 인간의 뇌가 파충류의 그것과 별반 다를 것이 없다는 생각에 쓴웃음이 나왔다. 언제 어디서나 밥은 꽃보다 무겁다. 아내는 집에서 나갈 것을 요구했다. 더 이상은 한 마디도 보태지 않았다. 표정을 삼켜버린 아내의 추방 선언을 담담하게 받아들였다. 하루빨리 사람들의 기억에서 잊혔으면 좋겠다는 생각과 흔적도 없이 세상에서 사라지고 싶다는 생각이 수도 없이 머릿속을 교차했다.

세상을 떠들썩하게 하고 있는 미투 분위기에 휩쓸렸는지도 모른다. 날아가 버린 교수직에 대한 실망감이 얼마나 컸을지는 짐작이 되고도 남는다. 그동안 내가 바람을 얼마나 많이 넣어왔나. 안 될 가능성은 까맣게 지워둔 채. 신 선생은 희망에 들뜬 내 전망을 다 된 밥으로 생각하고 있었을 게 틀림없다. 그러니 나에 대한 감정을 이런 식으로 표출한다 해도 딱히 할 말이 없다. 나 역시 어쩔 수 없는 일이었다는 것을 신 선생이 알고 있다 해도. 더군다나 내가 미국 유학을 도왔던 김 박사가 그 자리를 차지했으니, 내가 양다리를 걸치고 있었다고 오해했을 수도 있다.

천둥과 번개는 멈췄지만 비는 더 거세어진 모양이다. 빗소리가 요란하다. 신 선생은 공개적으로 문제 제기를 하기는 했지만, 자기 자신을 전부 다 드러내놓고 싶지는 않았던 모양이다. 그런데 막상 자신이 얻게 되는 것은 아무것도 없고, 공개적으로 망신만 당했다는 생각이 들었을 게다.

PC의 전원을 켜고 마우스에 손을 얹자, 죽어 있던 모니터 화면이 살아났다. 뉴스 화면부터 천천히 훑어본다. 법무부장관 후보자에 대한 기사가 홍수를 이루고 있다. 억울하다는 그의 말이 공허함만을 불러온다. 억울함은 억울함이고, 범법은 범법이다. 억울함이 범법을 덮을 수는 없다. 빗소리는 여전히 새까만 어둠의 절벽을 향해서 앙앙

불락 머리를 박고 있다. 빗소리의 공명 속으로 빠져들면서 메일함으로 커서를 옮겨갔다. 그러고는 윤 화백이 보낸 마지막 메일을 열었다.

안녕하세요, 교수님.

저는 제주도에 내려와 있습니다.

교수님을 알게 되어 영광이었습니다.

함께했던 시간들은 소중하게 기억하겠습니다.

교수님, 다시 시작해 보자고 하셨나요?

교수님, 저와 교제를 다시 시작하고 싶으시면,

비트코인이라도 좀 사주세요. 한 10억 정도로요.

비트코인은 안전하대요. 자금 추적이 안 되어서.

여자가 훨씬 더 위험 부담이 크잖아요.

사모님이 저한테 소송을 걸 수도 있고,

제가 남편 연금을 쓰지 못하게 될 수도 있고요.

그러니, 보험을 드는 셈 치고요.

막연히 교수님만 믿고 있을 수는 없잖아요.

윤 화백이 눈앞에 나타나서 손가락을 좌우로 흔들고 있는 것만 같다. 윤 화백과 처음 마주쳤을 때, 나는 내 세포의 일부를 보고 있는 느낌을 받았다. 눈에 넣어도 이물질 반응은 보이지 않을 것만 같았다. 그녀의 갸름하고 예쁜 손이, 희고 긴 손가락들이 눈에 들어올 때마다 현기증을 불러왔다.

5년 전 11월 말에, 설악산에서였다. 대청봉에 오르는 길에 배낭을 메는 걸 도와준 인연이었다. 갑자기 눈이 쏟아지는 바람에 내려올 때는 손을 잡아주기도 했다. 그녀가 서울 길을 함께 걸어보는 건 어떠냐고 제안했다. 12월 둘째 주에 북악산 성곽길을 함께 걸었다. 창의문에서 시작해서 촛대바위를 거쳐서 와룡공원으로 내려왔다. 지하철을 타기 위해서 광화문행 버스에 올랐다.

광화문에서 내린 우리는 몰려드는 인파에 놀랐다. 청계천에서 등불축제가 열리고 있었다. 그녀가 호기심을 보였고, 우리는 자연스레 청계천으로 발길을 옮겼다. 물길을 따라 밝혀놓은 갖가지 형태의 등불들이 사람들을 계속 끌어들이고 있었다. 걷는 게 아니라 뒷사람들한테 밀려가는 형국이었다. 처음에는 서로 헤어지지 않으려고 살짝 손을 잡았다. 그러다가 밀려서 넘어질까 걱정이 되어서 오른팔로 그녀의 어깨를 감쌌다.

세 블록을 그렇게 밀려가다가 관람 동선이 아예 정지해 버리는 바람에 우리는 아래쪽 천변 산책로를 벗어나서 위쪽 도로로 올라왔다. 내 손 하나는 어느새 그녀의 오리털 패딩 주머니 속에 들어가 있었다. 영하의 날씨임에도 불구하고 내 손바닥에는 촉촉하게 땀이 배었다. 우리는 그렇게 가까워졌다.

우리는 이따금 주말에 만나서 서울과 근교의 둘레길을 걸었다. 사람들이 많이 다니는 메인 등산로나 이른 아침의 피크 타임은 피했다. 조각 바람이 살짝 이마만 스쳐도 서로의 들뜬 속내를 들켜버린 양 쑥스러운 미소를 주고받았다. 벚꽃이 흐드러지게 피어서 꽃잎이 흩날릴 때나 은행잎이 온통 노랗게 물들어서 유혹할 때는 걷는 대신 자전거를 탔다. 자전거를 타고 나란히 달리는 일은 너무 눈에 띠는 일이라서 저녁을 먹고 어둑어둑해지는 시간을 택했다.

비가 오는 날이나 추운 겨울날에는 미술관에 가거나 영화관을 찾았다. 그녀의 설명을 따라가는 미술관 관람은 두세 시간을 넘기기 일쑤였다. 영화관에서는 손을 잡을 수 있어서 좋았다. 내가 슬며시 왼손을 가져가면 그녀가 오른손을 내밀어 호응했다. 영화관의 적당한 어둠은 두 사람의 어쩔 수 없는 세상 눈치 보기를 은밀하게 감싸주었다. 그녀의 손을 잡고 있으면 따스한 체온이 가슴속까지 밀려들었다.

윤 화백은 라일락을 연상시켰다. 연보랏빛으로 다가와서 보고만 있어도 저절로 기분이 좋아졌다. 은은한 향기만으로도 삶의 무게를 얼마쯤은 덜어주는 것 같았다. 그녀는 자기 남편이 서울 생활을 접고 제주도로 내려가자 나와의 관계를 무 자르듯 싹둑 정리했다. 남편의 제주도행이 무슨 특별한 신호라도 되는 양 갑자기 태도를 돌변했다.

눈이 뻑뻑하다. 이제 눈을 감고 잠을 좀 더 청해보아야겠다. 멍하니 모니터 화면을 바라보다가 메일 화면을 닫았다. PC 전원도 꺼버렸다. 오늘따라 컴퓨터의 숨넘어가는 소리가 더 크고 길게 느껴진다. 잠깐 사이, 모니터 화면은 완벽한 어둠 속으로 묻혀버렸다. 머릿속에 아지랑이처럼 피어올랐던 라일락 향도 사라졌다.

신 선생이 깨어나면 학교 밖으로 문제를 끌고 나갈지 모른다. 신 선생이 아니더라도 주위에서 부추길 확률이 높다. 가족이 나설 수도 있고, 조교들 모임이나 여성단체가 앞장설 수도 있다. 일본 출장길에 있었던 일까지 본격적으로 들고 나올지도 모른다. 본의 아니게, 어쩔 수 없이 동의할 수밖에 없었다고…. 경찰이나 검찰에 고소나 고발이 되고 나면, 내게는 훨씬 더 고통스러운 되새김 과정이 전개될 게 틀림없다. 각오는 되어 있다. 대학 진상조사위원회에서 진술한 것처럼 경찰이나 검찰에서도 솔직하게 그날의 전말을 진술할 생각이다. 세상이 온통 미투 편인 가운데, 여론은 모든 것을 여성의 관점에서 볼 것이고, 내가 도망갈 곳은 어디에도 없다.

비는 이제 양동이로 들이붓는 것만 같다. 밤을 꼬박 새워서라도 세상의 가벼운 것들은 모두 쓸어가고 싶은 모양이다. 기왓골을 타고 내려와서 꾸역꾸역 홈통으로 몰려든 빗물들이 쿠르륵 쾅~ 쿠르륵 쾅~ 쾅~ 어두운 침묵을 목 조르고 있다.

여든여덟 이후에도

『한국문학인』 2024년 봄호

"황 사장님이시죠?"

"네, 그런데요. 누구시죠?"

"아 네, 사장님. 요양원입니다."

"요양원이요? 어머니가 아프신가요?"

"아니요. 그런 건 아니고요. 저~ 그런데요 사장님, 전화로 말씀드리기는 좀 그래서 그러는데요."

"무슨 일인데요?"

짜증이 목소리에 묻어 올라왔다. 컨디션 탓인 것 같다. 몸이 상쾌하지 않다. 잠을 제대로 자지 못하고 있다. 전립선 약을 먹고 있는데도 자다가 깨는 일이 매일 밤 두세 번이다. 감정을 누르며 호흡을 가다듬었다.

"저, 아무래도 직접 뵙고 말씀드리는 게 좋을 것 같아요. 저희도 처음 겪는 일이어서요."

말을 빙빙 돌리고 있다. 더 물어보아야 속 시원하게 답해 줄 것 같지 않다. 빨리 가보는 게 나을 것 같다는 생각이 들었다. 바로 가겠다고 대답하고 반월공장으로 향하던 차를 요양원으로 돌리게 했다. 아프신 게 아니라면 대체 무슨 일인가? 아침 일찍 전화를 건 걸 보면 분명히 별일 아닌 건 아니다. 뭔 일인지 감이 오지 않는다. 게다가 전화로는 말씀드리기 어렵다니. 궁금증이 커지면서 마음이 초조해졌다. 공장장에게 전화를 걸어서 9시로 잡혀 있던 생산부 회의를 오후 1시로 미루었다. 얼핏, 아내와 함께 가는 게 나을 것 같다는 생각이 들어서 차를 다시 집으로 돌렸다.

옆자리에 올라탄 아내가 눈을 동그랗게 뜨고 내 표정을 살피고 있다. 돌이킬 수 없는 큰일이라도 상상하고 있는 것처럼.

"별일 아니래. 다치신 것도 아니고."

"근데 왜 아침부터 오라 가라 해?"

"글쎄 말이야."

"집에 가겠다고 떼라도 쓰셨나 보지 뭐."

"그러셨을 수도 있지. 근데, 그런 거라면 전화로 말해도 되었을 텐데…"

"그러게…."

아내는 못마땅하다는 표정으로 팔짱을 끼더니 눈을 감았다. 앞자리의 김 기사를 의식해서 말을 아끼는 것 같다. 어머니의 주름 많은 얼굴이 차창에 어른거린다. 어머니는 요양원 가기를 내켜 하지 않으셨다. 아내의 설명을 다 듣고 나서도 묵묵부답이셨다. 그러다가 결국에는 항복 선언을 하시듯 아들 내외의 설득을 받아들이셨다. 중간에 끼었을 게 뻔해 보이는 아들의 입장을 먼저 생각하셨는지도 모른다. 아내의 말은 항상 나온 말의 뒷방을 기웃거리게 만들었다.

"어머니 편하신 대로 하세요."

'저는 아무래도 상관이 없어요.' 하는 말이었다.

"근데, 집에 계시면 너무 위험하잖아요."

'어머니만 지켜보고 있을 수는 없잖아요.' 하는 뜻이었다.

시어머니와 며느리 사이의 일은 입에서 나온 말이 다는 아니었다. 느낌을 짚어서 따라가야 더 정확할 때가 많았다. 집이 위험한 건 사실이었다. 걷는 것 자체가 고통이신 어머니께는 집의 구조물과 여기저기 놓인 물건들이 모두 흉기나 다름없었다. 특히 화장실이 그랬다. 누군가의 부축이 없이는 드나드는 것 자체가 불가능했다. 입주 간병인을 구하는 것도 쉬운 일은 아니었다. 한 달이 멀다 하고 사람이 갈렸다. 요양원의 구조를 둘러보고 온 아내는 어머니의 안전을 무기로 삼아서 나부터 설득하기 시작했다.

아내는 새로 시작한 서양화와 화초에 푹 빠져 있다. 그동안 잊고 살았던 자신을 되찾은 기분이라고 했다. 아이들 둘이 모두 결혼해서 집을 떠났기에 가능해진 일이었다. 아내에게 그림 그리기와 꽃 가꾸기를 포기하고 어머니만 돌보라고 할 수는 없었다. 그럼 당신은 왜 당신 일을 포기하지 못하는데? 하고 들이대면 나도 할 말이 없었을 테니까. 내가 당장 일을 놓아도 크게 문제 될 일은 없었다. 그동안도 줄곧 어머니를 모셔온 건 아내였다. 손과 발이 되어주는 실질적인 조력자로서. 내가 아무리 노력한다 해도 어머니를 돌보는 일에서만큼은 아내가 감당해 왔던 역할들을 대신할 수는 없었다. 내가 딸이었다면 또 어땠을지 모르겠지만.

원장이 현관 앞까지 나와 있다가 우리 부부를 자기 방으로 안내했다. 이례적인 일이었다. 전에는 내가 어머니 입원실에 가 있으면 원장이 찾아와서 그동안에 있었던 어머니의 요양원 생활에 대해서 이야기해 주고, 어머니의 요구사항들을 듣고 가는 형식이었는데. 뭔가 사달이 난 것만은 틀림없어 보였다. 원장실은 사무실이라기보다는 창고로서의 용도가 더 큰 것 같아 보였다. 소파 뒤로 양쪽 벽면을 따라서 링거병 박스와 성인용 기저귀 박스 같은 것들이 키 높이로 쌓여 있다. 원장은 두 손을 앞으로 모은 채 나와 아내의 표정을 살피더니 주저주저 입을 열었다.

"다치신 것도 아니고, 보기에 따라서는 별일 아니라고 할 수도 있겠지만, 가족분들 입장에서 어떻게 생각하실지 몰라서 급히 뵙자고 했습니다."

원장의 목소리가 너무 작아서 아내와 나는 몸을 앞으로 숙이며 그녀의 입 모양에 집중했다.

"어젯밤, 1시 반쯤이나 되었을라나요."

원장은 거기까지 말하고 나서 자세를 고쳐 앉았다. 그러고는 내 쪽으로 천천히 시선을 옮겨왔다.

"저~, 사장님. 사장님 앞에서 말씀드리기 좀 민망해서 그러는데요. 사모님께만 먼저 말씀드리면 안 될까요?"

"아니, 뭔데 그래요?"

나도 모르게 말투가 시비조로 튀어나왔다. 내 반응에 내가 놀라서 아내의 표정부터 살폈다. 아내가 나를 향해서 고개를 한 번 까딱했다. 그러지 말고 잠깐 나가 있으라는 신호 같아 보였다.

"죄송합니다. 사모님께서 들으시면 다 이해하실 겁니다.

사장님께는 사모님께서 전해주시는 게 더 나을 것 같고요."

아내의 신호에도 불구하고 나는 얼른 일어서지 못했다. 아내의 얼굴과 원장의 얼굴을 번갈아 쳐다보며 꾸물댔다.

"당신 잠깐 나가 있어요. 여자들끼리 해야 될 이야긴가 봐요."

원장실을 나오다가 쟁반을 받쳐 들고 다가오는 남자와 마주쳤다. 내 또래보다는 조금 젊어 보였다. 웃으며 다가서는 남자의 표정이 너 쫓겨날 줄 알았어, 하고 말하고 있는 것만 같았다. 남자가 눈으로 쟁반 위를 가리켰다.

"사장님, 커피 한잔 드시죠. 저는 원장 남편 되는 사람입니다."

"아, 네. 그러시군요. 감사합니다."

"많이 놀라셨죠? 자세히 설명도 하지 않고 급히 오시라고 해서요."

"도대체 무슨 일이기에 이러는 건가요?"

"네, 지금 원장이 사모님께 말씀드리고 있으니, 금방 아시게 될 겁니다."

원장 남편은 더 이상 입을 열지 않았다. 가볍게 목례를 던지고는 쟁반 위의 커피잔에 신경을 쓰며 원장실로 들어갔다. 여기서도 남자는 별 권한이 없는 모양이로구나, 생각하면서 커피잔을 입으로 가져갔다. 잘 볶인 커피 향이 먼저 콧속을 진하게 자극했다. 커피는 잔을 통해서 손에 전해지는 온도보다 훨씬 더 뜨거웠다. 종이컵에 담긴 믹스커피를 내놓지 않은 것만으로도 남자의 성의가 느껴져서 기분이 한결 나아졌다.

"여보…."

아내는 말을 꺼내다 말고 한참 동안 입을 닫았다.

"아니, 당신까지 왜 이래? 답답하게스리…. 무슨 일이래?"

"어머님이…. 아니, 어떤 할아버지가…."

"할아버지? 할아버지가 왜 나와? 어머니 얘기 하다 말고."

"글쎄 그게…. 어떤 할아버지가…. 핥았대…."

아내는 더듬더듬 말을 이어가다가 손으로 입을 가렸다.

"뭔 할아버지가? 뭘 핥았다고?"

"웬 할아버지가 어머니 그곳을…."

아내는 또 말꼬리를 흐렸다.

"그곳?"

"제일 부끄러운 곳… 여자의….

아내는 기어들어 가는 목소리로 겨우겨우 말을 이었다.

"뭐? 어디를? 어떤 할아버지가?"

얼굴이 화끈거리기 시작했다. 가슴도 벌렁거렸다. 이게 도대체 무슨 소리인가? 이건 명백한 성추행이 아닌가? 아니, 이야기대로라면 당장 성폭행으로 고발해야 될 해괴한 짓거리가 아닌가? 화가 머리끝까지 치밀어 올랐다. 머릿속이 자꾸만 흐트러져서 좌우로 세차게 머리를 흔들었다.

"자세히 좀 말해봐. 어떤 미친 영감이 그런 짓을 했다는 거야?"

나는 쌍욕이 꾸역꾸역 목젖으로 올라오는 걸 억지로 참아가며 아내를 채근했다.

"같은 층에 입원한 할아버지가….'

"그럼, 경찰에 신고부터 했어야지! 우리를 부를 게 아니라! 내 이것들을 그냥!"

내가 씩씩대며 몸을 일으키자 아내가 손목을 잡았다.

"여보! 잠깐만. 여보 그게, 어머니도…. 같이…."

"뭔 소리야? 어머니가 뭐?"

"어머니도 같이 빨고 있었대…."

"빨아? 뭘 빨아?"

"할아버지 그걸…."

아내가 또 뒷말을 삼켰다. 나는 아내가 말꼬리를 토해내기를 눈빛으로 압박하며 기다렸다.

"정확하게… 69…. 그런 자세였대…."

창피하다는 감정이 파도처럼 밀려들었다. 창피함이 무엇 때문에, 어디로부터 오는지는 명확하지 않았다. 혼란스러웠다. 뒤이어서, 억울하다는 감정이 봇물이 터지듯이 덮쳐왔다. 어머니를 머릿속에 그리면 함께 떠오르던 새하얗고 청순했던 이미지들이 무참하게 짓밟혀 버린 열패감에 가슴이 저려왔다. 어머니의 젊은 시절 모습들이 파노라마 영상처럼 눈앞을 스쳐 갔다. 현실이 아니기를 바라는 마음에 한참 동안 눈을 감았다. 하지만 꿈은 아니었다. 아내가 눈을 껌뻑이며 나를 지켜보고 있다. 나도 모르게 눈앞이 흐려져서 손등을 눈으로 가져갔다.

"원장도 처음에는 할아버지가 완력으로 그런 게 아닌가 하고 의심을 했대."

"…."

"그런데, 어머니가 더 적극적이었대."

"…."

"또 남자 게 더 해주기 쉽잖아."

"…."

"잘 보이기도 하고."

"아, 그만 좀 해!"

아내는 민망했던 감정들이 모두 사라졌는지 상황 설명이 너무 적나라하다. 이제야 머릿속이 선명해졌다. 왜 그리 급하게 보자고 했는지. 왜 굳이 원장실에서 나가달라고 했는지.

어젯밤 1시 반쯤이라고 했다. 복도에서 자꾸만 이상한 소리가 나서 요양보호사가 무슨 일인가 하고 살펴보러 나갔다. 2층은 거동이 불편한 노인들이 많이 입원한 층이라서 특히 신경이 쓰이는 곳이었다. 복도로 나가자마자 바닥에 누워 있는 두 사람의 모습이 눈에 들어왔다. 가까이 다가가자 두 사람의 엉겨 붙은 자세가 드러났다. 좀 더 가까이 다가가던 요양보호사가 손으로 눈을 가렸다. 할머니 한 분이 할아버지 바지춤에 입을 대고 뭔가를 열심히 빨고 있는 게 아닌가. 확인해 보지 않아도 그것은 할아버지의 그것임이 틀림없어 보였다.

"에구 망측해라!"

요양보호사는 할아버지의 머리 쪽도 살펴보았다. 할머니의 하반신이 반쯤이나 드러나 있었고, 할아버지가 할머니의 가랑이 사이에 입을 대고 계속 뭔가를 할짝거리고 있는 게 아닌가.

"에구머니나!"

요양보호사는 어쩔 줄 몰라 우왕좌왕하다가, 원장한테 알려야겠다는 생각에 핸드폰을 두고 나온 대기실로 뛰어갔다.

"여보."

아내의 가라앉은 목소리가 두 사람 사이의 침묵을 깼다.

"왜?"

나는 잔뜩 풀 죽은 목소리로 힘없이 대꾸했다.

"원장이 우리 의견을 듣고 싶대."

"우리 의견? 무슨 의견?"

"여기 계속 있을 건지, 다른 데로 옮길 건지."

"당신 생각은 어때? 어떡하면 좋겠어?"

"원장이 저쪽 사람들도 불렀대. 할아버지 측이 어떻게 나오는지 보고 결정해도 될 것 같아."

"저쪽이야 할아버지니까 우리보다는 덜 난감하겠지."

"당신, 여기서도 남녀 차별 하는 거야?"

"아니 뭐, 그렇잖아. 남자야 뭐 창피할 게 뭐 있어."

"당신 정말 그렇게 생각해? 그래서 당신도 그렇게 껄떡대고 다닌 거야?"

"내 참, 그 얘긴 또 왜 해?"

아내는 이때다 싶을 때마다 그때의 일을 꺼내 들곤 한다. 일단 기를 한번 꺾어놓고 이야기를 시작하겠다는 식으로. 아내는 그렇게 한마디 던지는 것이, 있었다고 확신하는 나의 외도에 대한 끝나지 않은 징벌이라고 생각하는 것 같다. 또 언제든 일어날 수 있다고 믿고 있는 나의 바람기에 대한 도저히 끝낼 수 없는 경멸이라고도 생각하는 것 같다. 그날의 카톡 문자 몇 줄을 가지고 아내는 오랫동안 소설 아닌 소설을 써오고 있다. 내 사업에 큰 도움을 주고 있는 발주처의 사장이란 사실도 아내에게는 변명이 되지 않았다. 내가 그때의 상황을 설명하면 할수록 아내의 의심은 오히려 점점 더 확고해져 갔다. 그러면서도 현장을 덮치거나 증거를 수집할 생각 같은 것은 없는 것 같다. 마음속의 카메라만 켜두고 있으면 언제든지 지켜볼 수 있고, 뭐든지 지켜낼 수 있다고 믿기라도 하는 것처럼.

"당신, 잘 들어! 할아버지 쪽 이야기도 들어보긴 하겠지만, 뭐든 어머니가 원하시는 대로 결정할 거야! 어머니 생각이 제일 중요하니까!"

아내의 표정이 단호하다. 그동안 어머니와 관련해서 보여주었던 태도와는 완전히 다른 모습이다. 딴 사람을 보고 있는 것만 같다.

"어머니 의견을 듣는다고?"

"어머니 인생이잖아? 어머니가 진심으로 좋아하는 분일 수 있고?"

"아무리 좋아하셔도 그렇지. 이게 말이 돼?"

"뭐가 말이 안 돼?"

"올해 여든여덟이셔! 잘 걷지도 못하시고!"

"그래서?"

"그래서는 뭔 놈의 그래서야!"

"일단, 할아버지 측 보호자들이 뭐라고 하는지 들어볼 거야. 원장이 그쪽도 불렀다니까. 우리, 나가서 밥이나 먹고 와. 나 배고파. 아침도 못 먹었어."

요양원을 빠져나와서 47번 국도로 접어들자 바로 양평해장국 간판이 눈에 들어왔다. 국밥을 좋아하는 식성은 아니지만, 멀리 가는 것도 아니라고 생각했는지 아내가 고개를 끄덕였다. 두 사람 다 순대해장국을 시켰다. 아내가 순대를 건져서 밥주발 뚜껑 위에 가지런히 놓더니 새우젓 속 새우를 두 마리씩 건져 올렸다. 나도 아내가 하는 양을 따라서 순대 위에다 새우젓 새우를 집히는 대로 집어 얹었다.

"당신이 할 거야?"

아내가 김이 한숨 죽은 순대해장국 위에 시선을 고정한 채 지나가는 투로 말을 던졌다.

"뭘?"

나는 순대 하나를 입으로 가져가다 말고 아내의 말부터 받았다.

"어머니한테 여쭤보는 거."

"내가 그걸 어떻게 여쭤봐?"

"당신 지금 뭘 생각하는 거야?"

"할아버지랑 어쩌고 했다는 거 여쭤보라는 거 아니야?"

아내가 나를 노려보았다. 한참 동안 그러고 있다가 표정을 풀었다.

"그 할아버지랑 계속 사귀고 싶으시냐고 여쭤보라는 거야."

"아, 난 또…. 근데, 그것도 나한테 말하기는 좀 쑥스럽지 않으실까?"

"그렇지? 여자인 내가 낫겠지? 밉상인 며느리이긴 해도."

아내는 건져놓은 순대가 모두 사라진 것을 보고 수저를 내려놓았다. 나는 아내가 의자를 빼는 걸 보고 계산서를 집어 들었다.

아내와 함께 어머니의 입원실로 올라가는데, 내 나이 또래의 또 다른 부부가 원장실로 들어가는 모습이 보였다. 할아버지 쪽 식구들인 것 같았다. 입원실로 들어서자 아침 식사를 하시던 어머니가 아들 내외의 갑작스러운 방문에 어리둥절해하셨다. 자주 오기는 했지만 입원하던 날을 빼고는 아내와 함께 나란히 온 적이 한 번도 없었다. 어머니는 미소조차 힘이 드시는지 오른손만 살짝 들어서 반가움을 표시하신다. 식사 수발을 들고 있던 요양보호사가 의례적인 인사말을 주고받고는 자연스럽게 자리를 피해주었다.

"잘 지내셨어요? 아픈 데는 없으시고요?"

내가 먼저 다가가서 어머니의 손을 잡았다. 앙상하게 뼈만 남은 굽은 손이 힘없이 딸려온다.

"바쁘다며 왜 또 왔어? 왔다 간 지 며칠이나 되었다고."

"어머니 보고 싶어서 왔지요!"

나는 어린아이가 응석을 부리듯이 한껏 목소리를 과장했다.

"어머니, 잠은 잘 주무세요?"

아내가 나와 어머니 사이로 밀고 들어왔다. 말실수를 미리 차단하겠다는 의도로 보였다.

"응, 잘 자. 근데 에미 얼굴이 핼쑥한 거 같다?"

"오다가 멀미가 나서 그래요."

"그래? 허긴, 너희도 이제 먼 길 오가는 게 힘들 때가 되었지."

"어머니, 아침 더 드세요."

"응? 아녀. 다 먹었어."

"그럼, 과일 드실래요? 사과 깎을까요?"

"아니, 좀 있다 먹을게. 속이 좀 더부룩해서…."

"속이 불편하세요? 소화제 달라고 할까요?"

"아녀. 그 정도는 아녀. 느이 딸네 꼬마 녀석들도 잘 놀고 있지?"

"네, 잘 놀고 있어요."

아내가 목소리를 높여서 대답을 하고는 내게 썰룩하고 눈짓을 보냈다. 잠깐 나가 있으라는 얘기다.

"어머니, 바람 좀 쐬고 올게요."

"자네 아직도 담배 피워? 끊지 않았어?"

"네, 끊었어요. 담배 안 피워요. 잠깐 나갔다 올게요."

1층으로 내려와서 현관 로비에 있는 소파에 몸을 던졌다. 눈이 아프고 피로가 몰려왔다. 양팔을 벌려서 크게 기지개를 한 번 켠 다음 핸드폰을 꺼내 들었다. 돌아가는 상황이 오후 1시로 연기해 놓은 회의에도 참석하기 어려울 것 같다. 공장장에게 회의를 대신 주재하고 회의 결과는 메일로 보내달라고 문자메시지를 날렸다. 소파 등받이에 머리를 기대고 눈을 감았다.

혼자가 되신 어머니는 아들 하나만을 바라보고 살아오셨다. 흔히들 말하는 홀어머니에 독자, 그게 바로 우리 집이었다. 나는 잘 놀다가도 갑자기 아버지를 찾고는 했다. 할머니, 할아버지 앞에서 나는 왜 아빠가 없냐고 떼를 써서 어머니를 난감하게 만들기도 했다. 어머니는 한 번도 남편 없이 홀로 사는 외로움을 밖으로 내보이신 적이 없으셨다. 생계를 책임져야 하는 어려움에도 얼굴 한 번 찡그리지 않으셨다. 아버지 없는 아들이 엇나가지 않도록 꿋꿋하게 가정의 중심을 잡아나가셨다. 동부전선 고지에서 아버지가 목숨을 잃었다는 통지는 내가 태어나기 두 달 전에 할아버지 앞으로 배달되었다. 그리고 다음 해 봄, 어머니는 나를 들쳐 업고 읍내 시장통 끝자락에 간판도 없는 찐빵과 만둣집을 열었다.

새파랗게 젊은 것이 어찌 혼자 사냐고, 개가를 해도 잡지 않을 테니 아이는 두고 어서 가라는 할머니, 할아버지의 말씀을 어머니는 다소곳이 거부하셨다. 앞날이 보이지 않아서 눈앞이 캄캄했지만 너만은 포기할 수 없었다고, 어머니는 내 손을 꼭 잡으시며 말씀하셨다. 내가 대학에 들어간 해의 어느 봄날, 공원 벤치에 나란히 앉아 흩날리는 벚꽃을 맞으면서. 그런 어머니셨다. 한 번도 내게는 힘들고 어려운 기색을 내비친 적이 없는 분이셨다.

어머니를 담당하는 요양보호사를 만나보는 것도 도움이 될 것 같다는 생각이 들었다. 요양보호사는 뭔가 더 아는 게 있을지도 모른다. 가장 가까이서 어머니를 돌보고 있으니 어머니가 어떻게 그 할아버지를 좋아하게 되었는지도 알 수 있을지 모른다. 눈을 뜨고 몸을 일으켰다. 자판기에서 캔 커피 두 개를 뽑아 들고 2층의 요양보호사 대기실로 올라갔다. 요양보호사는 말을 아꼈다. 원장으로부터 무슨 지시라도 받았는지 경계하는 기색이 역력했다. 공연히 책잡힐 만한 말을 하게 될까 봐 조심하는 것 같았다.

"저희 어머니가 언제부터 그 할아버지를 좋아하게 되셨는지 혹시 아시는 게 있나 해서요?"

"지나가는 말처럼 제게 한번 할아버지에 대해서 물어보신 적은 있었어요. 그게 그러니까 두 달 전쯤이었던 것 같아요."

"뭘 물어보셨는데요?"

"203호 할아버지는 뭐 하시던 분이냐고요."

"…"

"사실, 저도 몰라서 모른다고 말씀드렸거든요. 그런데 할머니께서 혼잣말하시듯이 그러시더라고요."

"뭐라고요?"

"휴게실에서 책을 보고 계신 모습이 너무 보기 좋아서…. 이렇게요."

"그게 다였어요?"

"네, 할아버지 얘기는 그게 다였어요. 대신에 할머니 본인 얘기는 여러 번 들려주셨어요. 할머니께서 살아오신 이런저런 이야기를요. 여기 들어오신 지 한 달 정도 지났을 때부터였던 것 같아요."

"주로 무슨 말씀을 하셨나요?"

"옛날이야기를 많이 해주셨어요. 그중에서 가장 인상에 남았던 것은, 시어머니가 할머니한테 개가를 권한 적이 여러 번 있었다는 말씀이었어요. 시어머니가 매번 '너한테 마음을 빼앗겨서 이야기를 넣어온 사람이 있으니 꼭 한번 만나보라.'고 하고는 하셨대요."

"또 기억나는 말씀은 없으신가요?"

"할머니가 젊었을 때는 추파를 던져오는 남자들이 많았다는 말씀도 하셨어요. 할머니는 그때마다 고개를 저을 수밖에 없었다고 말씀하시며 한숨을 쉬시기도 하셨어요. 아무리 남자 품이 그리워도 자식을 천덕꾸러기로 만들 수는 없었다고 하시면서요. 또 그런 말씀을 하시고 나서는 저를 보시며 쑥스러워하시기도 하셨어요."

어머니는 요양원 입원을 결심하시면서 나에 대한 보호자로서의 의무도 함께 접자고 마음을 정하셨던 것 같다. 아버지 없는 아들을 위해서 줄곧 져야만 했던 짐들을 이제는 벗어도 될 것 같다고 생각하셨는지도 모르겠다. 그러시고 나서는 무한정 사랑을 쏟아붓던 대상이 사라져 버린 것 같은 상실감과 공허함에 빠지셨을 게 틀림없다. 그 가슴속 빈자리를 메워줄 상대가, 정서적으로 의지가 될만한 사람이 필요하셨을 테고…. 결과적으로 내가 어머니를 밀어낸 것이나 마찬가지다. 남자들에게는 눈길 한 번 주지 않는 어머니로서만, 나의 든든한 후원자로서만 어머니를 생각해 왔다. 내가 다 커서 성인이 된 이후에도, 심지어 이 순간까지도 여인으로서의 어머니는 한 번도 머릿속에서 그려본 적이 없다. 그런 상념들이 꼬리에 꼬리를 물면서 마음이 납덩이처럼 무거워졌다.

핸드폰 벨 소리에 머릿속 회상들이 뿔뿔이 흩어졌다. 이제 그만 들어오라는 아내의 호출이다. 내 생각이 그래서 그런지 어머니의 얼굴이 한층 더 밝아지신 것 같다. 어린아이가 엄마의 손을 잡고 있는 것처럼 어머니가 며느리의 손을 꼭 잡고 계시다.

"어머니는 여기 계속 계시겠대요."

"어머니, 그래요?"

"그려, 난 예가 좋아."

"어머니, 어쩐 일이세요?"

"어쩐 일은 뭔 어쩐 일. 좋은 분이 생겨서 그렇지. 자네도 들었지?"

"네, 들었어요."

"좀 부끄럽긴 해."

"어머니, 부끄럽긴 뭐가 부끄러워요. 두 분이 좋으시면 된 거죠."

아내가 어머니를 역성들고 나섰다. 어머니에게 잡혀 있던 오른손을 살그머니 빼서는 흘러내린 어머니의 머리칼을 쓸어 올리기도 한다. 어머니께서는 어젯밤 일을 며느리에게 숨김없이 다 털어놓으셨을까? 어머니의 성정으로 보아서 그랬을 것 같지는 않다. 우리 부부 사이도 언젠가는 다시 뜨거워지지 않을까 하는 기대감이 내 머릿속에 살짝 숨어들어 왔다. 어머니의 지난밤 사연이 내게도 자극이 되었던 모양이다. 하지만 내게 아무 일도 없었다는 것을 아내가 인정하게 된다 해도, 우리는 이미 각자의 방향으로 너무 멀리 달아나 있다. 변하기 쉽지 않을 감정의 골을 서로 파가면서.

원장이 다시 우리 부부를 찾았다. 표정이 밝은 것으로 보아서 할아버지 측에서도 별다른 이의를 제기하지 않은 것 같다. 하기야 무슨 말을 하겠는가. 당사자 두 분이 함께 좋아서 한 일이고, 더구나 그쪽은 남자인데.
"말씀은 좀 나눠보셨나요? 어머님 말씀도 들어보셨고요?"
"네. 어머니 생각이 제일 중요하죠 뭐."
내가 미처 입을 열기도 전에 아내가 나서서 대화의 물꼬를 선점해 버렸다.

"네, 그렇죠. 저희는 보호자분들이 결정해 주시는 대로 따르도록 하겠습니다. 성추행이니 뭐니 그런 게 아니란 것이 확인되었으니까요."

"어머니는 여기 계속 계시겠다고 하시네요. 저희도 그렇고요."

"아, 네. 잘되었네요. 그리고 두 분께서 이해해 주셔서 저희로서는 감사할 뿐입니다."

"아니에요. 어머니도 좋아하시고, 두 분이 서로 마음이 끌려서 그런 건데 무슨 문제가 있겠어요."

"그리 말씀해 주시니 정말 고맙습니다."

"할아버지 측에서는 별다른 얘기가 없었나요?"

"네. 그쪽이야 뭐 아무래도 남자 쪽이니까요. 처음에는 할머니가 의도적으로 접근한 게 아닌가 하고 의심을 하기도 했대요. 그런데 할아버지 얘기를 다 들어보고 나서는 오히려 좋아하는 분위기예요. 할아버지가 그러셨대요. 학창 시절 짝사랑했던 명희 씨를 다시 보는 기분이라고요."

"…"

"…"

 원장 말을 듣다 보니 기분이 나빠졌다. 어머니가 의도적으로 접근을 하다니. 어떻게 그런 의심을 할 수가 있나. 어머니의 연세도 그렇고, 뭔 놈의 다른 의도가 있을 수 있다는 것인가. 시쳇말로 꽃뱀이라도 상상했다는 말인가. 저쪽 보호자들이 괘씸하다는 생각이 들어서 속이 끓기 시작했다. 요양원을 확 옮겨버릴까 하는 오기마저 올라왔다. 또 한편으로는 웬 알지도 못하는 할아버지가 갑자기 나타나서 어머니를 빼앗아 가고 있나 하는, 울컥하는 심정까지 치밀어 올랐다. 그렇게 분노하다가, 억울해하다가 퍼뜩 정신이 들었다. 그런 게 다 뭐라고. 70년 세월을 나만 보고 살아오신 어머니께서 진정으로 좋아하는 분이 생기셨다는데. 이 나이 되도록 어머니의 빈 가슴 한번 제대로 헤아려보지 못한 주제에. 그런 허망한 자존심을 내세우다니. 어려서는 한없이 어리광만 부렸고, 커서는 항상 내 편인 어머니만을 생각해 오다가, 나이가 들어서는 어머니와 아내 사이에서 균형을 잡는답시고 매번 어머니의 등만 쓸쓸하게 만들어 오지 않았었나. 따지고 보면 나같이 무심하고 미련한 놈도 없으리라는 자각에 머릿속이 차갑게 식어왔다.

"원장님, 그런데 할아버지는 뭐 하시던 분이래요?"

"네, 학교 선생님이셨대요. 교장 선생님으로 퇴직하셨답니다."

"아, 네. 연세는 몇이시고요?"

"네, 아흔둘이시래요."

"아흔둘이요? 연세가 많으시기는 하네요. 몸은 정정하신가요?"

"다른 데는 이상이 없으시고, 걷는 게 좀 불편하세요."

"어머니랑 비슷하시네요."

"네, 그래요. 그리고 아주 조용조용하시고요."

"조용하시다고요?"

"그래서 저희가 더 놀랐습니다. 언제 그렇게 할머니랑 가까워지셨는지 전혀 눈치를 채지 못했거든요. 입원실이 같은 층이긴 하지만요."

"할아버지 보호자분들은 어떤가요?"

"할머니는 몇 년 전에 돌아가셨대요."

"…."

"며느리가 자주 오거든요. 매주 두 번 정도는 오는 것 같아요."

"며느리가 잘하는 것 같네요."

그 말을 꺼내놓고 슬쩍 아내의 표정을 살폈다. 아내는 그게 나랑 무슨 상관이냐는 듯 별 반응을 보이지 않았다.

"아들이 의사래요. 수원에서 이비인후과를 하고 있대요."

할아버지나 할아버지 가족이 우리를 귀찮게 하지는 않을 것 같다. 다행이다. 부모님들의 관계를 빙자해서 돈을 요구하는 경우가 더러 있다고 들었다. 교장 선생님 출신이라니 사람 됨됨이도 어느 정도는 믿을 수 있을 것 같다. 나이가 들수록 괴팍해지는 사람이 있기는 하지만. 요양원 측에 단단히 다짐을 두어야겠다. 괴롭힘을 당하시지는 않는지, 상대가 강제로 이상한 짓을 요구하지는 않는지 주의 깊게 살펴봐 달라고. 어머니가 즐거워하고 계시니 더 이상 무엇을 바라겠나. 외롭게 살아오신 어머니의 앞날이 여든여덟 이후에도 하루하루 가슴 뛰는 날이기를 바랄 뿐이다.

"사장님, 그리고 이렇게 하면 어떨까요?"

"네? 뭐를요?"

"어차피 이렇게 된 거 두 분이 굳이 방을 따로 쓸 필요가 있을까요?"

"…."

"…."

아내와 나는 얼른 대답을 하지 못했다.

"두 분 다 거동이 불편하신데, 방을 같이 쓰시면 서로 도움이 되실 것 같아서요."

순간, 아내의 눈이 커지면서 반짝하고 빛을 냈다.

올챙이 수송 작전

촛불을 밝히기 위해서 두 여인이 입장하고 있다. 신부 모친은 잔뜩 주눅이 든 표정이다. 반면에 신랑 엄마인 항이 씨는 활짝 웃는 얼굴이다. 런웨이가 갈라놓은 양쪽의 하객들을 향해서 왼쪽으로 한 번, 오른쪽으로 한 번 계속해서 하트를 날린다. 마치 자신이 오늘의 주인공인 양 한껏 즐기고 있다. 조명 덕인지 볼은 더 여리고 탱탱해 보인다. 살집이 좀 있는 편이라서 훨씬 덜 늙어 보인다는 느낌도 들었다.

어깨에 손이 닿는 느낌에 몸을 돌려 보니 오 부사장이서 있다. 경수가 가장 오랫동안 모셨던 직장 상사다.

"아, 오셨어요."

"어, 좀 늦었어. 여기 앉아도 되는 거지?"

"네. 식이 시작되었으니 아무 데나 앉아도 될 거 같아요."

"이준우는 안 보이네."

경수, 오 부사장, 이준우, 항이 씨는 L그룹 기획조정실에서 함께 근무했다.

"네. 저도 찾아봤는데, 안 보이네요."

"연락을 안 했나 보군. 연락을 했으면 꼭 왔을 텐데."

"그러게요. 항이 씨가 깜빡했나 보죠 뭐."

원형 테이블 앞에 둘러앉아서 식사를 하며 지켜보는 결혼식은 산만해질 수밖에 없다. 앞에서는 한창 식이 진행되는 와중에도, 하객 테이블에서는 오랜만에 만난 사람들의 대화가 달구어지기 시작한다. 경수는 스테이크 접시가 테이블에 놓이는 것을 보고 와인을 채워달라고 요청했다. 오 부사장도 비어 있는 와인 잔을 들어 보였다.

"부사장님은 직장 생활 하시면서 언제가 제일 좋으셨어요?"

"글쎄? 나는 과장 발령 났을 때가 제일 좋았던 것 같아. 처음으로 관리자가 되는 거잖아."

"그럼, L개발 시절이네요?"

"그렇지. 그때는 참 좋았지. 한창 젊을 때이기도 하고."

"사우디 근무가 엄청 힘들었잖아요?"

"그건 그래. 다란 공항에 막 도착했을 때, 비행기에서 내리자마자 화~악 끼쳐오던 그 한증막 같던 열기, 그 후끈했던 열풍은 지금 생각해도 섬뜩하기만 해. 겪어보지 않은 사람은 상상할 수도 없지. 그래도 그때는 힘든 줄을 몰랐어."

경수도 사우디 이맘대학 현장 숙소에 도착하자마자 화장실로 달려가서 토악질을 했다. 오 부사장의 말을 듣다 보니 그때의 그 울렁거림이 다시 올라오는 것만 같은 느낌이 들었다. 카레 냄새도 역하게 머릿속을 적셔왔다.

오 부사장이 스테이크를 썰어서 한 조각 입으로 가져갔다. 그러고는 와인 잔을 들어서 경수 앞으로 내밀었다. 경수도 잔을 눈높이까지 올려서 응대했다.

"부사장님, 그때 그 친구 이름이 뭐였죠? 사우디 킹 사우드대학 공사할 때, 한국에 왔던…."

"무함마드 말하는 거야?"

"아, 그 친구 이름이 무함마드였죠? 왕족이라고 그랬잖아요?"

"맞아, 왕족이었지. 당시 우리한테는 그 친구가 왕이나 마찬가지였었고…."

"부사장님이 역할을 많이 하셨다고 들었어요."

"그때는 내가 킹 사우드대학 건설 현장에 나가 있지는 않았고, 본사 해외업무부부장으로서 여러 가지로 지원을 많이 했지."

"당시, 회사에서 무함마드에게 여자 친구도 만들어 주는 것 같던데요?"

"응. 그런 일도 있기는 있었지. 내가 한 건 아니고, 당시 김 상무님이 직접 했지. 자네도 김 상무님 알지?"

"네. 저도 김포공항에서 김 상무님이 어떤 여자를 데리고 온 걸 본 적이 있어요."

"그때는 그런 일도 할 수밖에 없었으니까…. 그런 일은 아니었지만, 나도 무함마드 그 친구하고 아주 은밀하게 비밀 작전을 수행한 적이 있지."

"네? 비밀 작전이요? 무슨 작전이었는데요?"

"흐흐…. 올챙이 수송 작전이라고…."

"올챙이 수송 작전이요?"

오 부사장은 말을 꺼내놓고 나서는 과거로의 회상에 빠져드는지 고개를 들어서 층층이 불을 밝혀놓은 거대한 샹들리에 쪽으로 시선을 옮겨갔다. 밝은 조명 속에 갇힌 먼지 입자들이 머리 위를 희부옇게 떠다녔다.

이경수 대리는 총무과장 차를 타고 김포공항에 도착했다. 사장까지 나와서 발주처의 브이아이피(VIP)를 영접하는 자리이니 총무과장이 빠질 수는 없다. 홍보 담당인 이 대리도 어제 오후 관리 담당 강 상무한테 불려 가서 별도로 지시를 받았다.

"아주 중요한 인물이야. 사진 잘 찍어서 신문에 크게 나게 해봐. 사보에도 싣고."

입국장으로 들어서자 해외 담당 김 상무가 눈앞에 나타났다. 건들건들 걷는 동작이 워낙 커서 어디서나 눈에 잘 띄는 사람이다.

"총무과장이 이리 늦게 와도 되는 겨?"

"어이쿠, 죄송합니다. 벌써 와 계셨네요, 상무님. 그런데, 비행기 도착하려면 아직 멀었는데요?"

웃는 얼굴로 농 반 진 반 던지는 김 상무의 핀잔에 총무과장도 적당히 굽히는 자세로 눙치며 넘어갔다. 이 대리는 속으로 '놀고들 있네.' 하면서 두리번두리번 앉을 자리를 찾았다. 저만치 벽 쪽으로 소파들이 한 무더기 놓여 있다. 해외업무부의 오 부장과 동 대리가 긴 소파 하나를 차지하고 앉아 있는 모습이 눈에 들어왔다. 오 부장과 동 대리는 중동 현장에서부터의 콤비다. 오 부장은 외향적인 성격이고 동 대리는 내성적인 성격인데, 서로 호흡이 잘 맞았다. 성격이 정반대로 완전히 달라서 궁합이 더 잘 맞는 것 같다는 평들이 오갔다. 동 대리 손에는 뭔가 길쭉한 것이 들려 있다.

"오 부장님, 안녕하세요! 동 대리님은 그게 뭔가요?"

이 대리가 두 사람 곁으로 다가가서 큰 소리로 인사하며 말을 걸었다.

"아, 이거요? 플래카드에요. 무함마드를 환영하는."

동 대리가 손에 쥐고 있는 물건을 들어 올려 보였다.

"플래카드까지 준비했어요?"

"그럼요. 우리 회사의 목줄을 쥐고 있는 중요한 인물이잖아요. 이 대리님, 이따가 이거 한쪽 끝 좀 잡아주세요."

"저는 사진을 찍어야 되는데요?"

"아, 그러네요. 다른 사람한테 부탁해야겠네요. 오 부장님이라도 잡고 있어야죠 뭐."

옆에 앉아 있는 오 부장은 이 대리와 동 대리의 대화에는 관심을 보이지 않고 반대편 소파 쪽을 계속 흘끔거렸다. 그쪽 소파 위에 30대 후반쯤으로 보이는 늘씬한 여자가 혼자 앉아 있다. 세련되어 보이는 물방울무늬 투피스 차림이다. 총무과장의 시선도 그쪽으로 따라갔다가 돌아왔다.

"과장님, 누구예요?"

이 대리가 총무과장 쪽으로 시선을 돌리며 물었다.

"미스 김이야."

총무과장이 짧게 말하고는 입을 다물었다.

"미스 김이요? 우리 회사 직원인가요?"

"아니."

총무과장의 대답은 그게 다였다. 이 대리는 궁금증이 더 커졌다.

"그럼 누구예요?"

"알 거 없어. 이 대리는 모르는 게 좋아."

공항까지 같이 차를 타고 왔으면서, 알 거 없다니? 모르는 게 좋다니? 이 대리는 이것도 직급에 대한 차별인가 싶어서 기분이 나빠졌다. 그만 포기하고 모른척할까 하다가 같은 직급인 동 대리 쪽으로 다가가서 최대한 작은 목소리로 입을 열었다.

"동 대리님, 저 여잔 누구예요?"

동 대리가 몸을 앞으로 숙이면서 손으로 입을 가렸다.

"김 상무님이 모셔온 분이에요."

"김 상무님이요?"

그래도 이 대리의 궁금증은 풀리지 않았다. 소외감 역시 가시지 않았다.

결재를 마친 홍 사장이 "오 부장!" 하고 오 부장을 불러놓고는 담뱃갑에서 담배를 한 개비 뽑아서 입에 물었다. 할 얘기가 남아 있다는 얘기다. 오 부장은 돌아서서 나가려다 말고 그대로 선 채 사장의 다음 말을 기다렸다.

"그 친구가 검사를 받고 싶다는데, 어느 병원이 좋겠어?"

사장이 담뱃불을 붙이고 나서 시선을 허공에 둔 채 지나가는 투로 말을 던졌다.

"검사요? 무슨 검사요? 암 같은 거요?"

오 부장은 무슨 말인지 얼른 알아듣지 못했다. 그러다가 재빨리 머리를 굴려서 넘겨짚어 본 게 암 검사였다.

"그런 건 아니고, 애가 안 생긴대."

"네?"

"우리나라에서도 정자 검산가 뭔가 그런 거 하지?"

"네? 아~ 네…."

오 부장은 정확하게 알고 있는 내용이 아니라서 일단 입을 닫았다. 섣불리 대답하기보다는 자기 자리로 돌아가서, 의사인 사촌 형한테 전화로 물어보아야겠다고 생각했다.

"어느 병원이 잘하는지 알아보고, 내일 당장 검사받을 수 있게 조치해."

"네? …. 그런데 사장님, 그런 건 총무과가 더 잘할 수 있을 것 같은데요."

오 부장은 일단 총무과를 거론해 놓고 나서 사장의 눈치를 살폈다. 일은 많고 인원은 없고…. 한숨이 절로 나오는 부서의 상황이 아닌가.

"오 부장!"

사장이 일단 오 부장을 불러놓고 허공으로 담배 연기를 길게 뿜어냈다. 오 부장은 눈을 내리 깔고 이마에 쏟아질 무언가에 대비했다.

"오 부장, 우리 회사 해외업무부장이 누구야? 우리 회사의 가장 중요한 해외 고객을 영어도 안 되는 총무과 애들한테 맡기라고? 그게 말이 되는 소리야? 잔말 말고 오 부장 자네가 직접 진행해!"

오 부장은 더 이상 이야기해 보았자 소용이 없겠다는 생각이 들었다. 그래서 곧장 180도로 방향을 바꾸고 고개를 들었다.

"그럼, 비용 지출은 사장실 경비로 떨겠습니다."

"뭐야? 이 친구, 사장 돈을 자기 맘대로 쓰겠다는 거야?"

"영수증 다 첨부하겠습니다. 그리고 어차피 저희 예산 항목으로는 처리할 수도 없습니다. 부서 경비는 몇 푼 되지도 않고요."

"알았어, 알았어! 그렇게 해!"

사장이 피우던 담배를 재떨이에 대고 왈살스럽게 비벼 껐다.

"그리고 사장님, 사장님 차도 계속 무함마드 그 친구가 쓰게 하실 건가요?"

"그건 총무과에 이미 지시해 놨어. 내가 쓸 차는 따로 준비해 놓으라고. 크라운은 그 친구한테 고정 배치해. 운전기사도 크라운 몰던 그 기사 그대로 딸려 보내고."

정액 검사를 해주는 병원은 많지 않았다. 의료진에 대한 평판과 병원의 지명도 등을 고려해서 강북삼성병원을 무함마드가 검사받으러 갈 병원으로 정했다. 전화를 붙잡고 한 시간 이상을 매달린 결과였다. 사촌 형으로부터 Y대 의대를 함께 다녔다는, 강북삼성병원에 근무하는 비뇨기과 전문의도 소개를 받았다. 사장 집으로 전화를 걸어서 허락도 받아냈다. 오 부장은 다음 날 아침 일찍 회사로 출근하지 않고 병원으로 직행했다. 의사의 협조가 있다 보니 접수 절차는 일사천리로 진행되었다. 피검사자가 외국인인 것도 문제가 되지 않았고, 대리인이 접수하는 것도 양해가 되었다. 호텔에서부터 병원까지의 동선은 동 대리가 안내를 맡았다. 호텔에서 느긋하게 아침 식사를 마치고 출발한 무함마드가 병원에 도착했다. 열 시간 이상을 비행해서 서울에 온 것이 어제저녁인데도 무함마드는 몸이 가벼워 보였다. 밝게 웃으며 나타났다. 오 부장은 언뜻, 무함마드 이 친구가 전혀 새로운 체험을 눈앞에 두고 있어서 기분이 들떠 있는 게 아닌가 하는 생각이 들었다.

오 부장과 무함마드가 나란히 비뇨기과 처치실 앞에 섰다.

"검사받으실 분이 이분이신가요?"

간호사가 손으로 무함마드를 가리키며 오 부장에게 확인을 요청했다.

"네, 이분입니다. 사우디아라비아에서 오신 무함마드 씨입니다."

"저 그런데요, 선생님. 제가 영어가 짧아서 그러는데요. 좀 도와주시면 안 될까요?"

"아, 그래요? 그러죠 뭐."

"제가 먼저 설명을 드릴 테니, 선생님께서 통역을 해주시면 됩니다."

"알겠습니다."

간호사를 따라서 처치실로 들어서자 뒤로 눕힐 수 있는 진료용 의자가 먼저 눈에 들어왔다. 출입문을 마주 보는 벽 쪽으로는 병실용 침대도 하나 놓여 있다. 간호사가 탁자 위에 놓여 있던 비커를 무함마드 앞으로 내밀어서 보여주었다. 그러고는 뚜껑을 열고 거기다가 무언가를 받아 넣는 시늉을 했고, 뚜껑을 도로 닫는 동작까지 해 보였다. 비커를 올려놓을 자리도 손으로 가리켰다. 헷갈릴 거라고는 전혀 없는 단순한 순서였다. 끝으로, 의자를 쓰든지 침대를 쓰든지 좋을 대로 하라고 선심 쓰듯 말했다. 간호사는 설명을 다 마치고 문 쪽으로 가려다 말고 한마디 덧붙였다.

"비디오도 필요한가요?"

"네? 비디오요?"

"잘 안되시는 분들도 있어서요."

"네에….'

오 부장은 간호사가 한 말을 그대로 무함마드에게 통역했다. 무함마드는 고개를 끄덕여서 비디오를 보겠다는 뜻을 전달했다. 간호사가 TV를 켜고 비디오테이프를 밀어 넣자 곧장 신음소리와 함께 2대 1로 뒹구는 화면이 나타났다. 오 부장은 황급히 눈을 돌리고 간호사를 따라서 처치실 문을 나왔다. 간호사는 어떤 표정의 변화도 얼굴에 나타내지 않았다. 처치실을 나온 오 부장은 비뇨기과 앞의 소파에 앉아서 무함마드가 무사히 일을 치르고 나오기를 기다렸다. 그런데 아무리 기다려도 나올 기미가 보이지 않았다. 문을 두드리면 잘 되어가다가도 확 죽어버릴까 봐 그냥 앉아서 기다릴 수밖에 없었다. 기다리는 시간이 30분을 넘어가자 할 수 없이 처치실 문을 가볍게 두 번 두드렸다.

문이 열리자 무함마드가 침대에서 일어나며 멋쩍은 표정을 지어 보였다. 그러더니 잘 안된다고, 피곤해서 그런 모양이라고, 내일 다시 하면 안 되겠냐고 물었다. 안 될 거야 뭐 있나 하는 생각을 하면서 슬쩍 곁눈으로 살펴보니, 무함마드의 바지춤은 이미 닫혀 있는 상태였다. 포기한 지 이미 한참이나 지난 느낌이었다.

무함마드를 처치실에서 데리고 나와서 병원 1층 주차장에서 대기하고 있던 크라운 승용차에 태웠다. 무함마드가 오 부장에게 "지금부터의 오늘 일정은 내가 알아서 하겠다."고 말했다. 오 부장은 무함마드의 올챙이들이 정말 피곤했던 건지, 낯을 가렸을 뿐인지 모르겠다는 생각이 들었다.

"동 대리, 성공했어?"
오 부장은 신호음이 떨어지자마자 동 대리를 채근했다.
"아니요. 아직…."
동 대리의 기어들어 가는 목소리는 잘 들리지도 않았다.
"그 친구 진짜 고자 아니야?"
오 부장은 올라오는 짜증을 삭이지 못하고 그대로 뿜어냈다.
"열심히 세워보려고 하는데, 자꾸만 죽는대요. 밖에서 사람들이 왔다 갔다 해서 그런가 봐요."
아무 죄 없는 동 대리가 열심히 그 친구의 변명을 대신

하고 있다. 오 부장은 공연히 동 대리한테 짜증을 낸 것 같아서 미안한 마음이 들었다. 그러고는 퍼뜩, 한 가지 생각이 떠올랐다.

'꼭 병원에서만 채취해야 되는 건 아니잖아? 올챙이들이 죽기 전에 빨리 옮기기만 하면 되잖아. 왜 진작 그 생각을 못 했지?'

오 부장은 목소리 톤을 낮추고 부드러워진 목소리로 동 대리한테 자신이 생각해 낸 새로운 방안을 제시했다.

"병원에서는 채취가 안 되겠네. 호텔로 한번 데리고 가 봐. 호텔 룸은 느낌이 다르잖아. 담당 의사한테 먼저 얘기해 놓고…."

"근처에 코리아나호텔하고 롯데호텔이 있는데, 어디로 갈까요?"

"그 친구가 고르게 해. 코리아나호텔이 더 가깝긴 하지만, 차로 이동하면 롯데호텔도 금방이잖아."

"네, 그 친구한테 물어보고 정하겠습니다. 이동하게 되면 다시 전화 드리겠습니다."

오 부장은 수화기를 내려놓고 탕비실로 향했다. 커피라도 한 잔 마시지 않으면 새로운 아이디어를 떠올린 흥분이 쉬 가라앉지 않을 것만 같았다. 강북삼성병원까지 깍듯이 모시고 가서 필요한 모든 절차를 다시 한번 진행시켜 주었고, 복도에 앉아서 한참을 기다리기까지 했다. 그러다가 이 나이에 이게 뭔가 싶은 생각이 들어서 동 대리한테 마지막 절차만 맡겨놓고 사무실로 복귀했다. 마지막 절차를 동 대리한테 맡긴 것도 사장이 알게 되면 싫은 소리를 퍼부어 댈 게 틀림없다.

뒤로 빼지 않고 적극적으로 나서서 힘든 일을 하고 나면 그다음에는 좀 쉬운 일이 떨어지기를 기대하는 게 인지상정이다. 그런데, 그런 경력이 오히려 족쇄가 되어서 더 힘든 일을 떠안게 되는 경우가 많다. 어려운 일을 해냈으니 이제 좀 쉬라고 놔두는 법이 없다. 그게 조직의 생리다. 사우디 근무를 마치고 귀국한 것이 1983년 5월이다. 두 달 전이다. 그런데 새로 발령이 난 곳이 해외업무부다. 사우디나 해외에서 무슨 문제라도 생기면 발 벗고 나서서 뛰어다녀야 하는 부서다. 건설부에 가서 매달리고, 해외건설협회에 가서 사정하고 해야 되는 일이다. 2년의 사우디 근무는 그야말로 악전고투였다. 회사 최초의 해외 사업이자 첫 번째 중동 현장이다 보니 모든 것이 하나같이 맨땅에 헤딩이었다.

현대, 대림, 동아 같은 선두 업체들은 1960년대부터 일찌감치 해외로 나갔고, 그만큼 해외 사업, 해외 공사의 경험이 풍부했다. 반면에, L개발은 중동 붐이 일고 나서 뒤늦게 해외 사업에 뛰어들었다. 그러다 보니 해외 입찰에 참여한다면서 피큐(PQ)가 뭔지도 모르고 허둥대는 웃지 못할 해프닝까지 벌어졌다. 급하게 해외 조직이 꾸려졌다. 사무직은 L화학, L전자 같은 그룹 계열사에서 많이 건너왔고, 기술직은 대부분 해외 공사 경험을 가진 외부 인력을 채용했다.

"부장님, 롯데호텔로 옮겼습니다."
"그래? 병원보다는 확실히 분위기가 낫지? 이제는 채취가 되겠지?"

"네, 이번에는 되겠죠 뭐. 비디오도 틀어주고 나왔습니다."

"잘했어!"

"성공하게 되면 제가 들고 뛰겠습니다. 밑에 택시도 대기시켜 두었습니다. 그게 더 빠를 것 같아서요."

"잘했어! 동 대리가 수고 좀 해."

무함마드가 이번에 서울에 온 건 처음이 아니다. 세 번째 방한이다. 한국의 의료 수준이 높다는 것은 이미 널리 알려져 있는 사실이다. 그러니 그가 서울을 택한 것도 이상할 게 하나 없는 일이다. 더군다나 한국에는 L개발이 있지 않은가. 자신이 숨통을 꽉 틀어쥐고 있는, 마음대로 부릴 수 있는. 아무리 그렇다 하더라도 미스 김이 한국에 없었다면 무함마드가 한국에 오지 않았을지도 모른다. 한국의 의료 수준이 높기는 하지만, 존스홉킨스병원같이 세계적으로 유명한 병원이 미국이나 유럽에는 많다는 사실을 무함마드가 모를 리 없었다.

1983년 L개발이 사우디에서 킹 사우드대학 공사를 수주했다. L개발이 중동에 진출해서 독자적으로 따낸 첫 번째 대규모 건설 프로젝트였다. 계약이 체결되고 공사가 시작되자 홍 사장이 무함마드를 한국으로 초청했다. 왕족이면서 건설공사의 총책임자인 무함마드의 영향력은 그야말로 절대적이었다. 공사를 진행하고 기성을 올려서 제 때 제 때 기성금을 받아내려면 그 친구 만년필촉이 군말 없이 쓱싹쓱싹 움직여 주어야만 가능했다. '인샬라' 한마디 던져놓고 팔짱을 끼고 있으면 답답하고 속 타는 건 우리뿐이었다. 홍 사장은 한국에 온 무함마드에게 여자 친구까지 만들어 주었다. 회사가 보유한 유일한 외제차인 사장 전용 크라운 승용차도 매일같이 동원시켰다. 30대 후반으로 보이는 미스 김은 무슨 재주를 가지고 있는지 무함마드 그 친구를 만나자마자 바로 구워삶아 버렸다. 무함마드는 미스 김을 보기 위해서 건설공사와 관계없이 한국을 재차 방문하기도 했다. 미스 김을 일본이나 홍콩, 싱가포르 같은 곳으로 불러내서 따로 만나고 있다는 얘기까지 들렸다.

사우디에서는 부인을 여러 명 둘 수 있다. 무함마드에게도 이미 두 명의 부인이 있었다. 그런데도 무함마드는 이곳저곳 세계의 유명 도시들을 돌며 미스 김과의 밀회를 즐겼다. 미스 김도 돈 많은 무함마드를 마다할 이유가 없었다. 그러던 와중에 무함마드가 세 번째 부인을 얻게 된다. 유럽을 여행하다가 금발의 젊은 여자를 만나게 되었고 한눈에 반해버렸다. 무함마드는 돈과 왕족 신분을 앞세운 끈질긴 구애 끝에 그 여인을 사우디로 데려올 수 있었다. 첫째 부인, 둘째 부인도 상당한 미인이었지만, 무함마드는 이국적인 매력이 물씬 풍기는 셋째 부인에게 푹 빠져들었다. 사랑하는 여인과의 사이에서 아이도 빨리 갖고 싶었다. 그런데 결혼을 하고 1년이 지나도록 아이는 생기지 않았다. 무함마드가 세 번째로 한국에 온 진짜 이유였다.

"부장님, 성공했습니다."

오 부장이 수화기를 들자마자 동 대리의 흥분한 목소

리가 들려왔다.

"그래? 성공했어? 정말 수고했어."

오 부장은 안도의 한숨을 내쉬었다. 1차 시도에서처럼 무함마드 그 친구가 또 포기하고 올챙이들을 채취하지 못했으면, 이번에도 그 불똥이 고스란히 오 부장 자신에게 튀었을 게 틀림없다.

"오 부장! 자네는 그런 것도 하나 제대로 못 하나? 싱싱한 남자한테서 정자 좀 받아내는 아주 단순한 일인데…"

지난번 1차 시도에서 실패했을 때 홍 사장 입에서 나온 말이다. 믿거니 해서 매번 자기한테 힘들거나 귀찮은 일을 떠맡기는 것은 이해할 수 있다. 하지만, '말이라도 좀 곱게 하면 어디가 덧나나?' 하는 생각이 늘 따라다녔던 것도 사실이다.

"그럼, 이제 들고 뛰어야지. 올챙이들 죽이지 않으려면 20분 안에 병원까지 가야 돼."

"네, 출발합니다."

"무함마드 그 친구는 크라운 기사한테 맡겨놓고 자네

는 빨리 병원으로 뛰어가!"

"네, 알았습니다."

호텔 주차장을 빠져나온 택시가 을지로를 만나자 우회전하여 을지로1가 교차로까지 내달렸다. 동 대리는 자신의 체온이 올챙이들에게 영향을 줄지도 모른다는 생각에 손수건을 꺼내서 손에 든 비커를 감싸 쥐었다. 입으로는 계속 택시 기사를 재촉했다. 최대한 빨리 강북삼성병원 비뇨기과까지 가야 한다. 어렵게 채취한 올챙이들을 다 죽일 수는 없다. 을지로1가 교차로에서 종로1가 방면으로 좌회전했다. 그러고는 잠깐 가다가 우회전하고, 또 잠깐 가다가 우회전하여 다시 을지로로 꺾어 들었다. 돌고 돌아서 을지로의 반대편 차선으로 유턴한 셈이다.

시청 앞까지 달려가서 남대문 쪽으로 좌회전했다. 그러고는 덕수궁 쪽으로 직진해서 또 내달렸다. 덕수궁 길을 달리다가 회전 교차로인 로터리가 나오자 2시 방향으로 돌아서 정동 길로 들어섰다. 이제 똑바로 직진하기만 하면 된다. 병원 앞에 도착하자마자 손에 든 비커를 다시 한번 확인하고 냅다 뛰기 시작했다. 비뇨기과 앞에 도착해서 시계를 보니 정확하게 15분이 걸렸다. 간호사가 빙글빙글 웃으며 비커를 받아 들었다. 동 대리는 다시 몸을 돌려서 1층에 있는 공중전화 부스까지 달려 내려갔다.

"부장님, 병원 도착도 성공입니다."

"그래? 동 대리, 정말 수고했어!"

"아닙니다. 수고야 뭐 무함마드 그 친구가 했죠. 저야 뭐 들고 뛴 것밖에 없는데요 뭐."

"그 친구는 아마 벌써 미스 김하고 만났을 거야."

"부장님, 저어~ 사우나 좀 하고 들어가도 되죠?"

"그래, 어디 가서 좀 쉬었다가 천천히 들어와."

"그랬던 거군요. 정말 올챙이 수송 작전이 맞네요. 전 거기까지는 몰랐습니다."

"요새 젊은 사람들은 그런 일 하라고 하면 다 사표 쓰고 말걸?"

"그런 일은 아예 시키지도 못하죠."

오 부사장이 잔을 들어 올려서 와인을 더 달라는 신호를 보냈다. 경수도 오 부사장을 따라서 똑같이 잔을 들어 올려 보였다. 경수는 오 부사장이 중동 현장에서 근무할 때 맹장염으로 상당히 위험한 상황에 처했었다는 얘기는 들은 적이 있다. 그런데 오늘 이런 이야기는 처음 듣는다. 아마도 이 일에 관계되었던 사람들이 모두들 부끄러운 일이라고 생각했던 것 같다. 대놓고 떠들 일이 아니라고, 자랑할 만한 일이 아니라고.

"그 친구 검사 결과는 어떻게 나왔어요?"

"그야 당연히 정상으로 나왔지. 이미 첫째 부인도 아이를 낳았고, 둘째 부인도 아이를 낳았으니까. 그러니 검사는 해보나 마나였던 거지."

"네에?"

경수는 어이가 없어서 더 이상 말을 잇지 못했다.

"그 친구 괜히 급했던 거지 뭐. 눈에 넣어도 안 아플 어여쁜 새 마누라한테 빨리 자기 아이를 갖게 하고 싶어서…"

올챙이 수송 작전이 있게 된 배경에 대해서 오 부사장이 내놓은 분석이다. 경수도 머리를 끄덕여서 오 부사장의 의견에 동의를 표했다.

"그래서요? 셋째 부인이 무함마드의 아이를 낳기는 했나요?"

"글쎄? 그 얘기는 못 들었어. 그 뒤로 나는 L그룹 기획조정실로 발령이 나서 L개발을 떠났으니까. 그때 자네도 나랑 같이 옮겼잖아?"

오 부사장이 그런 건 별로 궁금하지도 않다는 듯이 시큰둥한 표정을 지어 보였다. 경수는 와인을 홀짝이면서 무함마드의 생각을 짚어보았다.

'무함마드 그 친구가 미스 김 보러 오려고 수 쓴 거 아니야? 제 돈은 한 푼도 들이지 않으면서….'

아랍인들이 가장 많이 쓰는 말이 '인샬라'다. 우리가 찾아가서 "기성금은 언제 나오느냐?" 하고 물으면, 그들은 "인샬라!" 한마디 던지고는 고개를 돌려버리기 일쑤였다.

그런 그들과 줄다리기하면서 우리는 정말 힘겹게 달러를 벌어왔다. 그리고 오늘날 이만큼 풍요를 누리며 살고 있다. 당시 우리나라 건설 회사들은 을 중에서도 을이었다. 오일 머니가 쏟아져서 돈방석에 앉은 아랍인들은 한껏 콧대가 높았고, 경제 개발을 위해서 달러가 절실했던 우리는 그들의 터무니없는 요구를 대부분 들어줄 수밖에 없었다. 오 부장이 수행한 올챙이 수송 작전쯤이야 애교라고 볼 수 있다. 그들의 막무가내 전략에 대한 우리 나름의 생존 전략이었던 셈이다.

생소하기만 했던 이슬람 문화도 우리를 힘들게 했다. 타 종교인에 대한 그들의 안하무인과 배타성은 도가 지나쳐도 한참 지나쳤었다. 무슨 일에서건 '인샬라' 한마디 던지고는 그만이었다. 그런데, 숨 막히는 무더위가 365일 계속되고 있고 끝없이 펼쳐진 사막에서 거센 모래바람만 불어오는 그곳에서 그들과 함께 살다 보면, '인샬라'만 외쳐대는 그들의 정서가 어느 정도는 이해가 되었다. 그들은 그런 척박한 환경에서 무엇이든 인간의 뜻만으로는 되지 않는다는 것을 우리보다 몇 배, 몇십 배 더 뼈저리게 느끼며 살아오지 않았을까 하는 생각이 들어서였다.

우리나라 기업들의 중동 진출이 늘어나면서, 중동 국가들이 대규모 프로젝트를 대한민국 건설 업체에 발주하는 일도 증가했다. 그런데 아랍인들이 건설공사의 감리만큼은 꼭 미국 회사나 유럽 회사에 맡겼다. 우리는 서구인들의 지나치다 싶을 정도의 원칙주의나 동양인에 대한 우월의식과도 싸워야만 했다. 아직은 우리의 기술 수준이 부족한 면이 있었고, 우리에게 대충대충 문화도 어느 정도 남아 있었기 때문에 그들과의 마찰은 피할 수 없었다.

달러를 벌어오기 위해서 서독에 파견되었던 광부들이나 간호사들의 눈물겨운 사연은 많이 알려져 있다. 그래서 그들의 고달팠던 이국땅에서의 삶은 자주 엿볼 수 있었다. 하지만 중동에 파견된 우리 근로자들이 뜨거운 사막에서 고생했던 현장의 기록들은 많이 알려져 있지 않다. 직접 체험했던 사람들이 그렇게 많은데도 불구하고. 현재의 풍요를 누리고 사는 사람들은 굳이 힘들었던 과거를 기억할 필요를 느끼지 못한다. 또 당시를 살았던 사람들이 '편한 것만 찾는 요즘 것들' 하고 훈계하는 말도 공허할 뿐이다. 어차피 역사는 선배들의 희생 위에 쓰이는 거니까.

경수는 자신이 보았던 근로자 송출 장면들이 떠올라서 지그시 눈을 감았다. 사우디로 떠나는 남편을 한 번이라도 더 보려고 창문틀에 매달려서 종종거리던 아주머니들의 얼굴이 부옇게 흐려진 채 다가온다. '1년만 기다리면 건강한 모습으로 다시 볼 수 있겠지…', '엄청나게 뜨겁고 무덥다던데…' 애처로운 표정들이 창문을 타 넘기라도 하려는 듯 아우성이다. 돌이켜 보면, 그들의 꿈이나, 오 부장의 꿈이나, 경수 자신의 꿈이나, 그리고 아랍인들의 꿈이나 다 한가지였다. 무탈하게 잘 먹고 잘 사는 것. 이 세상 모든 사람들이 함께 외쳐도 좋을 '살라말리쿰!'

런웨이 위를 힘차게 행진해서 걸어 나오던 신랑이 환하게 웃고 있는 신부를 번쩍 안아 올린다. 박수소리가 식장 안을 천둥처럼 울렸다.

- » 인샬라: 만약 신이 원하신다면, 신의 뜻이라면, 알라의 뜻대로 하옵소서.
- » 살라말리쿰: 평화가 깃들기를.

누군가는

『한국소설』 2021년 5월호

육중한 철문이 앞을 가로막고 있다. 교도소 문 같다는 느낌이다. 아래쪽에 사람이 드나들 수 있는 쪽문이 달려 있다. 그 문을 두드리자 머리를 바짝 올려 친 방위병이 얼굴을 내민다. 외래에서 받아온 서류를 보이자 쇳소리를 끌며 쪽문이 반쯤 열렸다. 병실에서는 아무 소리도 들리지 않는다. 환자들의 움직임이 마치 음 소거 버튼을 누른 영상 속 화면처럼 천천히 흐른다. 방위병이 내 서류를 창가에 서 있는 해군 수병에게 건넨다. 그가 이 병실의 위생병인 모양이다. 3군이 함께 쓰는 통합병원이라는 게 실감 난다. 네 줄의 병장 계급장과 가슴에 붙은 '문중태'란 명찰이 먼저 눈에 들어왔다. 오랫동안 다림질을 받아온 듯 수병의 감색 바지와 하늘색 셔츠에 날이 서 있다. 병장티가 확연하다. 깍듯하게 대하는 게 좋겠다는 생각이 들었다.

"박정우 일병입니다." 하고 거수경례를 올려붙였다.

문 병장은 나를 쳐다보지 않는다.

"입실 전에 소지품 검사를 하겠다."

"네?"

"따블백 안에 있는 걸 모두 쏟아놓는다. 실시!"

문 병장이 정색을 하고 쏘아붙였다. 나는 반사적으로 몸을 돌려서 옆에 세워두었던 따블백을 거꾸로 들고 내용물을 바닥에 쏟았다. 따블백이 토해낸 것은 육군 작업복과 내의 같은 옷가지뿐이다. 양말도 몇 켤레 보인다.

"이게 단가?"

"네, 그렇습니다."

"호주머니 안에 있는 것도 모두 꺼내놓는다. 실시!"

나는 웃옷 주머니에 든 병사 수첩과 바지 주머니 속의 동전 몇 개를 꺼내서 바닥에 내려놓았다. 문 병장이 들고 있던 지시봉으로 바닥에 흩어진 물건들을 휘휘 젓는다. 눈에 띄는 것은 아무것도 없다.

"이 새끼 완전 거지구먼."

문 병장은 나를 한번 힐끗 쳐다보더니 베레모를 집어 들었다.

"야, 박 일병. 이건 선물이다."

문 병장은 내 베레모를 반으로 접어서 자기 바지 주머니에 찔러 넣었다.

"이 친구한테 침대 배정해!" 하고 문 병장이 병실을 나간다.

병실 한가운데에 있는 빈 침대가 내 차지가 되었다. 환자들의 시선이 모이는 곳이다. 신입 환자가 들어오면 배정하는 자리인 모양이다. 환자복으로 갈아입고 침대 위로 올라갔다. 말로만 듣던 정신과 병실에 들어와 있다는 게 믿기지 않았다. 환자들은 누구 한 사람 눈을 맞추려 들지 않는다. 하나같이 모두가 병실 바닥에 시선을 깔고 앉아 있다.

병실은 밖에서 보는 것보다 훨씬 더 넓다. 들어서자마자 왼쪽으로 면회실이 보였고, 진료실 두 개가 연달아 붙어 있다. 오른쪽으로는 화장실과 진료실 하나, 그리고 진료실의 세 배쯤 되어 보이는 간호실이 이어져 있다. 안쪽으로 툭 터진 공간이 전부 사병 병실이다. 50병상도 넘는 것 같다. 사병 병실을 가로질러 끝까지 들어가면 오른쪽에 식당이 있고, 식당 맞은편은 장교 병실이다.

 꼼짝없이 갇힌 신세다. 담당 군의관의 허락이 없으면 한 발짝도 밖으로 나갈 수 없다. 비염을 치료하러 왔다가 정신과에 입원이라니. 어디서부터 꼬이게 되었는지 모르겠지만, '비염 때문에 코가 심하게 막혀서'라는 말보다는 '밤에 잠을 잘 못 잔다.'는 말에 무게가 실려서 입원이 결정된 것 같다.

 한여름에 입대한 덕에 비염 걱정은 하지 않고 훈련을 받았다. 그런데 논산 훈련소에서 기초 군사훈련과 후반기 교육을 받으면서 여름이 훌쩍 지나가 버렸다. 특전사 보충대에서 공수 교육 인원이 다 모이기를 기다리는 동안에 가을도 어물어물 흘러갔다. 자동화 사격장이 들어설 부대 뒤 야산에서 잡목을 베어내거나 시멘트 포대를 나르는 작업에 동원되었다. 막상 공수 교육 과정이 시작된 것은 연병장의 모래알들이 새벽마다 살짝살짝 얼었다가 해가 뜨면 반짝반짝 빛을 내던 초겨울이었다.

공수 교육은 매일 같이 흙먼지 풀풀 날리는 교육장을 굴러야 했고, 온몸이 하루 종일 땀으로 범벅이 되었다. 그런데도 몸을 씻을 수 있는 방법은 찢어진 플라스틱 바가지로 찬물을 몇 번 끼얹는 게 고작이었다. 연병장에 딸린 노천탕을 이용했다. 막사 사이에 땅을 파서 시멘트로 발라 놓은 물웅덩이는 내무반 둘에 하나꼴로 배정되었다. 헉~ 헉~ 소리를 내며 얼음장 같은 물을 뒤집어쓰고 나면 콧속이 심하게 부어올랐다. 편하게 숨을 쉴 수가 없었고 잠을 설쳤다. 교육대 막사는 누우면 별이 보였다. 막사 중앙에 석탄 난로가 하나 놓여 있었지만, 침상 끝까지 온기를 전하지는 못했다.

특전사 교육대로 첫 면회를 온 여자 친구는 넋이 나간

표정을 지었다. 논산 훈련소에서 공수부대로 차출되었노라고 설명해 주었지만, 믿지 않는 눈치였다. 왜 굳이 공수부대에 지원을 했느냐며 울음을 터뜨리는 옆자리 아주머니가 여자 친구가 하고 싶은 말을 대신 해준 꼴이 되어버렸다. 내가 논산 훈련소에서 공수부대로 차출된 이유는 알 수 없다. 이리저리 짐작만 해볼 뿐이다. 104 주특기 10명이 걸려든 걸 보면, 화기 특기병이 필요해서 차출했을 수 있다. 내 기관총 사격 측정은 최상위권 성적을 기록했다. 가물가물하게 과녁이 잘 보이지도 않던 측정 사로(射路)에서, 옆 사로 녀석이 내 과녁에 대고 갈겨댄 게 틀림없어 보였다. 한편으론 대학에서 신문사 편집국장을 맡았던 이력 때문에 녹화사업의 대상이 된 게 아닌가 하는 의심도 들었다. 고등학교 3년, 재수 1년 그리고 대학 4년, 집을 떠나 혼자 지낸 8년 동안에 허약해질 대로 허약해진 몸 상태를 생각하면, 공수부대 차출은 말도 안 되는 소리였다.

여자 친구는 굳은 표정을 풀지 않았다. 돌아갈 때는 그렁그렁 눈물을 보였다. 물 빠진 국방색 훈련복을 입고 면회소 잔디밭에 멍청히 앉아 있는 내 모습을 보고 그녀가 받았을 충격이 가늠되었다. 그런데 이제는 정신과 병실이라니. 공수부대도 그랬는데, 이건 또 뭔 소린가 하고 그녀가 어이없어할 표정이 떠오른다. 도저히 여기까지 면회를 오라고 할 수는 없을 것 같다.

밤 9시가 되자, 병실 안의 환자들이 모두 자기 침대 머리에 정렬했다. 하나같이 가부좌를 틀고 앉아서 허리를 곧추세웠다. 병실에서의 점호라고는 믿기지 않게 긴장감이 돌았다. 행동이 어눌한 환자들까지 한 명의 열외도 없다.

점호 당번인 방 상병이 병실 한가운데서 문 병장과 마주 섰다. 문 병장은 오른손에 듬성듬성 껍질을 벗겨낸 참나무 몽둥이를 들고 있다. 방 상병이 거수경례와 함께 '총원'과 '열외 없음'과 '현재 인원'을 보고하고, '점호 준비 끝'을 외쳤다. 그러자 문 병장이 기다렸다는 듯이 "박정우 일병, 내려와!" 하고 나를 호명했다. 침대에서 내려와 문 병장 쪽으로 다가갔다. 문 병장 앞에 서는 순간 느닷없이 몽둥이가 날아들었다. 너무 뜻밖이라서 피할 사이도 없이 오른쪽 어깨로 날아오는 몽둥이를 받아냈다. 그런데 그게 전부가 아니었다. 몽둥이는 몸의 어디를 가리지 않고 정신없이 파고들었다. 잔뜩 감정이 실린 몽둥이는 무겁고 매웠다.

문 병장은 "이 건방진 새끼! 여기가 어딘 줄 알고 까불고 지랄이야, 지랄이." 하면서 입에 거품을 물었다. 나는 바닥에 배를 깔고 엎드려서 팔로 머리를 감싼 채 그의 광분이 가라앉기를 기다렸다. 하지만 문 병장의 몽둥이세례는 멈추지 않았다. 차츰 엉덩이와 허벅지의 감각이 둔해졌다. 눈앞에서 벌어지고 있는 상황이 꿈을 꾸고 있는 것만 같았다. 문 병장의 욕설마저 아득하게 들렸다.

문 병장이 마구잡이로 몽둥이를 휘두르고 있지만, 누구 하나 끼어들지 못한다. 군의관들과 간호장교는 이미 퇴근한 뒤다. 어딘가에 병원 전체의 야간 당직 군의관이 있기는 하겠지만, 도움을 받을 수 있을 것 같지는 않다. 503 병실은 병원 내에서도 완벽하게 차단된 공간이다. 정신 나간 환자들이 밖으로 빠져나가는 것을 막기 위한 구조로 되어 있다. 반대로 밖에서 안으로도 마음대로 들어올 수 없다. 이대로 죽을 수도 있겠다는 생각이 들었다. 나는 맞는 태도를 바꾸기로 했다. 비굴할 정도로 "죄송합니다! 시정하겠습니다!"를 연발하면서 신음 소리를 크게 내기 시작했다.

20분 정도 날뛰고 나서야 문 병장은 몽둥이를 내려놓았다. 나는 병실 바닥에 널브러진 채 꼼짝도 하지 못했다. 문 병장이 씩씩거리며 병실을 나간 뒤에야 누군가가 나를 일으켜 세웠다. 엉덩이와 허벅지의 생살이 터져서 팬티에 들러붙었다. 한 발짝도 걸음을 뗄 수가 없다. 몇 명이 더 달려들어서 나를 침대 위로 밀어 올렸다. 매트리스에 코를 박았다. 쑤시고 욱신거리는 통증을 견딜 수가 없다. 엉덩이가 쓰라려서 똑바로 누울 수조차 없다.

문 병장을 자극한 것은 베레모였다. 공수부대를 상징하는 검은 베레모를 쓰고 병실에 들어서는 나를 보고 눈꼴이 시었던 모양이다. 아니, 공수부대까지도 자기 앞에서는 별수 없다는 것을 병실 안의 모든 환자들에게 보여주고 싶었던 것 같다. 잠이 오지 않는다. 용광로가 끓듯이 가슴 속이 부글거린다. 감정이 북받쳐서 분을 삭일 수가 없다. 문 병장 배에다가 대검을 푸~욱 쑤셔 넣는 장면이 단속적으로 머릿속을 헤집었다. 그 뒤로는 머리를 빡빡 깎고 영창에 들어앉아 있는 내 모습도 이어졌다.

다음 날 오전 10시가 지나서 담당 군의관의 호출을 받았다.
"옷 벗어봐…. 바지도 내리고…."
군의관은 잔뜩 찌푸린 얼굴로 다그쳤다. 걸음걸이가 모든 걸 노출시키고 만 것 같다. 어기적거리며 병실을 오가는 내 모습을 보고 간밤의 상황을 짐작하고도 남았으리라. 팬티와 내복이 해진 살갗을 쓸고 지날 때마다 나도 모르게 신음 소리도 흘렸다. 군의관은 푸르죽죽하게 피멍으로 뒤덮인 엉덩이와 허벅지를 살펴보기 시작한다.
"문 병장인가?"
"…"

나는 입을 다물었다. 낮에는 군의관들과 간호장교가 병실을 통제하지만, 밤이 되면 다시 문 병장의 세상이 될 게 뻔했다.

"밤에?"

"…."

"점호 시간에?"

"…."

"뭣 땜에?"

"…."

군의관은 혼잣말하듯 연달아 질문을 쏟아내다가 내가 입을 열지 않자 이내 냉정한 얼굴로 돌아간다. 더 이상은 묻지 않는다.

"우선 타박상 치료가 급하겠군."

"누워서 잘 수 있게 엉덩이부터 치료해 주십시오."

군의관은 진료 차트를 집어 들고 뭔가를 짧게 기록했다.

입원 3일째 되는 날, 눈을 떠보니 방 상병이 내 침대 머리 앞에 서 있다. 내가 깨기를 기다리고 있었던 모양이다. 방 상병은 내무반장 역할을 하고 있는, 이 병실의 환자 같지 않은 환자다. 서류철을 받쳐 들고 있는 그의 왼쪽 손목이 눈길을 끌었다. 붉은색 흉터가 손목 안쪽을 가로질러서 끝에서 끝까지 굵은 선을 긋고 있다.

"박 일병, 오늘부터 네가 면회실 당번이야."

"네?"

"네가 면회실을 맡으라고."

"거긴 최고참이 맡던 데 아닙니까?"

"이 새끼! 맡으라면 맡지, 뭔 말이 많아."

"네, 알았습니다."

나를 면회실로 배치한 것은 입을 꾹 다물고 있는 데 대한 보상인 것 같다. 문 병장은 아무 일도 없었던 것처럼 설치고 다닌다. 병실을 관리한다는 명목으로 휘두르고 있는 그의 폭력이 일상적인 업무로 인정을 받고 있다는 증거였다. 정신과 과장인 박 소령이나 간호장교의 묵인이 없으면 있을 수 없는 일이다. 아무리 군대라지만 납득이 되지 않는다. 여기는 병실이 아닌가. 공수부대 동료들을 부르기로 결심했다. 그냥 이대로 있는 건 너무 비겁하다는 생각이 들었다. 문제는 정신과 병실이 통제구역이라서 동료들을 안으로 들어오게 할 수가 없다. 문 병장이 밖으로 나갔을 때를 노려야 한다.

아침 점호를 마치고 간호장교에게 면회실 근무를 신고하러 갔다.
"박 일병, 면회실 관리 좀 잘해줘. 문제가 생기지 않게."
"네, 알겠습니다."
병실 안의 환자 관리는 간호장교 몫이다. 병실이 어찌 돌아가는지 손금 보듯 꿰고 있을 그녀였지만, 그날 밤 일에 대해서는 한마디도 묻지 않는다. 30대 후반의 간호장교는 표정이 없다. 까만 머리에 흰 캡을 눌러쓴 마네킹처럼 보인다. 목깃에 붙어 있는 세 개의 다이아몬드가 차갑게 눈을 찌른다.

간호장교가 환자에 대한 투약 과정도 감독한다. 병실

안의 식당 복도에 환자들을 일렬로 세우고 한 사람씩 앞으로 나오게 한다. 왼손을 펴서 앞으로 내밀게 하고, 그 위에 오른손을 펴서 올리게 한다. 투약 당번이 손바닥 위에 알약을 올려놓고 입에 털어 넣게 한다. 투약 보조가 물컵을 내밀면서 약을 삼키게 한다. 그다음에는 투약 당번이 입을 크게 벌리게 하고, 입안에 아직 약이 남아 있는지 확인한다.

투약을 거부하는 환자들이 있다. 약을 입에 털어 넣는 척하다가 손에 감추거나, 혀 밑으로 말아 넣어서 숨겼다. 하지만 문 병장의 눈을 피하지는 못했다. 문 병장은 그때마다 주먹을 날렸다. 문 병장의 구타는 행동 교정이란 미명하에 간호장교 앞에서도 거리낌이 없었다. 겁에 질린 환자들은 약을 삼키고 나서 더 크게 입을 벌렸다. 약을 거부하는 것이 제정신이 아니라서 그러는 것인지, 환자인 척하고 후송을 와서는 약의 부작용을 우려해서 그러는 것인지는 구별하기 어려웠다.

침대에 붙어 있는 병명만 보아서는 환자의 상태를 제대

로 알 수 없다. 나만 해도 그렇다. 실제로는 축농증 환자가 아닌가. 자살을 시도했거나 신경쇠약 증상을 보이는 환자들도 정신과 병실로 보내졌다. 군 생활 부적응자도 상당수 끼어 있다. 정신분열증 같은 진짜 정신 질환자는 몇 명 되지 않았다.

면회실로 나가니 공기부터가 달랐다. 병실 안은 환자들의 땀 냄새와 약품 냄새, 그리고 식당의 잔반 냄새까지 섞여서 머리가 띵할 정도다. 그런데 면회실은 외부인들이 드나들어서 그런지 확연히 다르다. 방금 오렌지를 여러 개 잘라놓은 것처럼 상큼함까지 느껴졌다. 면회 온 사람들이 힘들여서 연출해 내고 있는 밝은 분위기 때문인지도 모르겠다.

면회실 당번의 주 임무는 면회 나온 환자가 병실 밖으로 빠져나가지 못하게 통제하는 일이다. 그리고 면회 온 사람들의 신청을 받아서 면회할 환자를 불러내 주기만 하면 된다. 그 외에는 아무것도 요구받지 않는다. 하루 종일 열외나 마찬가지다. 식사 시간과 투약 시간, 취침 시간에만 병실 안으로 들어간다. 이 병실에서 입원 환자가 가질 수 있는 최고의 보직이다.

정 이병이 슬금슬금 다가왔다. 방위병이지만 그의 군복은 촌스럽지 않다. 제대를 앞둔 말년 병장처럼 세련돼 보인다. 집에서 출퇴근하다 보니 완전히 바깥 물이 들어서 그런 것 같다. 그가 면회실에 상주하면서 병실 전체의 행정 업무를 보조한다.

"병실 분위기는 어때요?"

"어떻긴 뭐가 어때?"

나는 병실에서 일어나는 일에 대해서는 일체 함구하기로 했다. 내가 당한 일에 대해서도 입을 다물고 있을 생각이다. 무엇보다 자존심이 상했고, 다른 사람에게 떠벌려 보았자 달라질 것은 없었다. 게다가, 곧바로 보복이 따라올 것도 뻔했다.

"베레모 때문에 당했다면서요?"

"어디서 들었어?"

"간호장교가 그러던데요. 문 병장 그놈이 이제 진짜 미

쳐가는 모양이라고."

문 병장은 정상이 아니다. 특히 눈이 그랬다. 눈에 초점이 없고 눈알이 항상 번들거렸다. 정신과 병실에 너무 오래 근무해서 그렇다는 정 이병의 진단은 나름 설득력이 있어 보였다.

"원래 정신과에 근무하는 위생병은 6개월마다 교체해 주게 되어 있대요."

"그런데?"

"신병을 받으면 군의관들이나 간호장교나 귀찮아질 것 같으니까 1년이 넘게 붙잡아 두고 있는 거죠."

그날 밤 야전병원으로부터 침대에 묶인 환자 한 명이 실려 왔다. 실려 온 환자는 거의 죽어가는 몰골이다. 걷지도 못한다. 연탄불 위에 올려놓은 오징어처럼 온몸이 뒤틀려 있다. 특히 다리가 심했다. 머리통 위에는 머리카락도 한 올 없다. 처음 보는 증상이라서 침대에 붙은 병명을 들여다보았다. 일산화탄소 중독이라고 쓰여 있다.

간호장교가 병실 안에서 이 친구를 돌봐줄 사람을 찾았다. 아무도 나서지 않았다. 내가 간호실로 찾아가서 손을 들었다. 간호장교의 환심을 살 수 있는 좋은 기회다. 또 이 병실에서 정신이 멀쩡한 친구를 한 명쯤은 갖고 싶었다. 믿을 수 있는 동지로 발전할 수 있을지 모른다. 곧바로 그 친구 침대가 내 침대 옆으로 옮겨졌다.

"이 친구가 죽고 사는 건 너한테 달렸어."

"네?"

간호장교는 누워 있는 환자가 죽으면 내게 책임이라도 물을 것처럼 겁을 주었다.

"욕창이 생기면 끝장이야. 매일 밤 깨끗이 닦아주고, 볼일을 보고 난 뒤에도 잘 처리해 주고. 알았지?"

좀체 입을 열지 않던 서 상병이 자초지종을 털어놓기 시작한 것은, 침대 밑에서 신문지를 깔고 세 번이나 대변을 받아낸 뒤였다. 신체의 모든 근육이 굳어버려서 그런지 간단히 몇 마디를 하는 데도 온몸을 떨었다. 입 밖으로 내놓은 말도 알아듣기 힘들다. S대 약대 3학년을 마치고 입대했노라고 가쁜 숨을 몰아쉬며 간신히 자신을 소개했다.

여자 친구가 전방 부대로 면회를 와서 함께 여관에 들었다. 그런데 아침이 되어도 기척이 없자, 여관 주인이 강제로 문을 열었다. 두 사람은 혼수상태로 발견되었고, 서 상병은 야전병원으로 후송되었다. 여자 친구는 서울로 실려 갔다. 여관방 구들 틈새로 연탄가스가 스며든 결과였다. 둘 다 일찍 잠이 들었는데, 그것도 연탄가스 때문일 거라고 추측했다. 서울로 실려 간 여자 친구는 금세 정상으로 돌아왔다. 후유증도 없었다. 그런데 서 상병은 죽음의 문턱을 오락가락하고 있다. 연탄가스에는 여자가 더 강하다는 속설이 사실인 모양이다. 부모가 반대하는 여자라서, 집에는 같이 있었다는 말도 하지 못했다고 덧붙였다.

아침에 일어나 보니 서 상병이 화장실을 향해서 비척비척 몸을 움직이고 있다. 사흘 동안 침대 밑에서 대변을 해결하던 친구다. 사력을 다해 한 걸음 한 걸음 옮겨놓는 서 상병을 병실 환자들이 모두 지켜보고 있다. 뒤틀린 두 다리가 위태위태하다. 금방 쓰러질 것처럼 비틀대다가 간신히 균형을 잡는다. 저런 속도라면 화장실까지 가는 데만도 10분 이상 걸릴 것 같다. 아니 중간에 쓰러지기라도 하면 큰일이다. 약해질 대로 약해진 다리뼈가 부러질 테고, 또 그렇게 넘어져서 눕게 되면 욕창이 생기고 말 거다. 그럼 정말 끝장이다. 나는 달려가서 그의 손을 잡았다.

"오늘은 제발 여기서 일 봐. 좀 더 나아지거든 가고."

"아니야, 갈 거야. 오늘부터는 아무리 힘들어도. 안 그럼 나 정말 죽을지도 몰라."

단단히 결심한 모양이다. 나는 그의 뒤로 바짝 따라붙으면서 안절부절 조바심을 냈다. 그는 부축하는 것마저 거부했다. 몇 번씩이나 쓰러질 듯 쓰러질 듯 휘청거리다가 겨우겨우 몸을 가누며 한 발 한 발 앞으로 나아갔다. 병실에 붙어 있는 화장실에 다녀오는 데 30분이나 걸렸다.

서 상병의 걸음걸이는 하루가 다르게 균형을 잡아갔다. 꽈배기처럼 꼬였던 몸의 뒤틀림도 차츰 풀렸다. 방위병인 정 이병은 서 상병이 회복되고 있는 게 미군이 제공하고 있는 약 때문이라고 했다. 머리에 산소를 공급하는 약이라는데, 믿기지는 않았다. 내 생각에 서 상병을 일어서게 한 것은 스스로의 의지였다. 그는 뒤틀린 몸으로도 자기 몸은 자기가 돌보겠다고 부지런히 움직였다.

어쨌든 나는 간호장교의 지시를 완벽하게 수행한 셈이다. 낮 시간에는 면회실을 관리하다가, 저녁 식사 후에는 혀가 정상으로 돌아온 서 상병과 어울렸다. 그러자 정신이 멀쩡해 보이는 환자 몇몇이 나와 서 상병 주위로 모여들었다. 그래도 병실은 여전히 문 병장의 폭력 속에서 돌아갔다. 문 병장이 더 이상 내게 시비를 걸지는 않았지만, 가슴속을 치대는 울분은 가시지 않았다. 일석점호 후에 병실이 조용해지면, 그날의 치욕이 스멀스멀 올라와서 속을 긁었다. 그때마다 공수부대 동료들의 명단을 보강하면서 그날의 실행계획을 하나하나 점검했다. 문 병장은 하루에 한 번 운동을 시키기 위해서 환자들을 데리고 연병장으로 나간다. 그때가 유일한 기회다. 서 상병은 문 병장만 조용히 손보면 병원 측에서도 아무 일 없었던 것처럼 넘어가려 들 거라고 말했다. 군의관들이나 간호장교의 행태를 보면 그럴 것도 같다는 생각이 들었다. 그래도 각오는 해야 한다. 담당 군의관과 면담하면서 빨리 퇴원하고 싶다는 뜻을 전하고 명령이 떨어지기만을 기다렸다.

뜻밖의 사고가 터진 것은 내가 면회실 근무를 시작한 지 4주쯤 지난 뒤다. 일석점호 시간이었고, 하필이면 내가 점호 보고를 하는 날이었다. 침대가 사방으로 늘어선 병실 한가운데에서 문 병장과 마주 보고 섰다. 병실에선 냉기가 돈다. 창문을 흔들어 대는 영하의 찬바람 때문인지 매트리스를 덮고 있는 침대보들이 모두 하얗게 질려 있다. 형광등 불빛마저 눈에 시리다. 창밖에는 새까만 어둠이 까마득히 절벽을 두르고 있다. 문 병장의 눈동자가 뭔가에 쫓기는 사람처럼 계속 두리번거린다. 보는 사람까지 불안하게 만드는 그런 눈이다. 오른손에는 허리 높이의 각목을 쥐고 있다.

막 점호 보고를 시작하려는 순간, 등 뒤에서 누군가가

알아들을 수 없는 말을 하기 시작한다. "ꎡㅎㄴㄴㄸㅿ ㅽㅅㅐꎡㅎ, ꎡㅎ ㄴㄴㄸㅿ ㅽㅅㅐꎡㅎ." 처음엔 들릴 듯 말 듯 아주 작은 목소리였다. 그 소리가 차츰 병실 안 모두가 들을 수 있게 커졌다. '오늘도 푸닥거리가 시작되겠군.' 하는 불안감이 몰려왔다. 이런 행동은 용납되지 않는다. 아무리 병실에서의 점호라고 해도.

"어떤 새끼야? 조용히 못 해." 하고 문 병장이 소리를 지른다. 하지만, 중얼거림의 주인공은 전혀 아랑곳하지 않는다. 무슨 말인지는 알아들을 수 없다. 얼핏 누군가에게 욕을 퍼붓는 것처럼 들리기도 한다. 트집을 잡힐까 봐 뒤를 돌아볼 엄두도 내지 못한다. 오늘 점호 보고는 물 건너간 것 같다. "어떤 개새끼야? 뒈지고 싶어 환장했어?" 하는 문 병장의 고함 소리가 다시 한번 병실을 울렸다. 그가 각목으로 병실 바닥을 세차게 굴렀다. 물결 위에 파문이 번지듯 싸늘한 공포 분위기가 병실 안을 쓸고 지나간다.

그래도 중얼거림은 계속된다. 목소리의 크기도 줄지 않는다. 마치 신들린 사람이 방언을 하듯 알아들을 수 없는 말을 계속 쏟아낸다. "ᄙᆫᆫᄄᆢ ᄡᆡᄉᆡᄙᆼ, ᄙᆫᆫᄄᆢ ᄡᆡᄉᆡᄙᆼ." 내게로 불똥이 튀지 않을까 조바심이 나기 시작한다. 도대체 누가 이런 무모한 짓을 하고 있는 거야? 문 병장의 눈치를 살피면서 조심스레 목소리가 나는 쪽으로 고개를 돌렸다. 침대 머리에 앉아서 고개를 숙인 채 알아들을 수 없는 말을 계속하고 있는 것은 김 일병이다.

그는 분열증 환자다. 이 병실에 가장 걸맞은 병명을 갖고 있는 진짜 환자다. 초점이라곤 전혀 없는 시선을 항상 병실 바닥에 두고 조용히 앉아 있던 김 일병이다. 얼굴에는 여전히 표정이라곤 없는데, 입에서는 계속 알 수 없는 말들이 쏟아져 나온다. 가슴 밑바닥에 맺혀 있던 그만의 응어리가 풀리고 있는 중인지도 모르겠다. 그의 중얼거림은 쉬이 끝날 것 같지 않다.

처음에는 문 병장이 김 일병을 점호에서 열외 시킬지도 모른다고 생각했다. 문 병장은 환자의 상태를 가장 잘 알고 있는 이 병실의 유일한 위생병이 아닌가. 그런데 문 병장의 표정은 그게 아니다. 흰자위로 가득 찬 눈동자가 희번덕거리기 시작한다. 그 와중에도 김 일병은 병실 안의 공포 분위기 따위는 자기와 아무 상관이 없다는 듯 중얼거림을 계속한다. "ㄹㅎㄴㄸ ㅄㅅㅐㄹㅎ, ㄹㅎㄴㄸ ㅄㅅㅐㄹㅎ."

"저 새끼, 끌어내려!" 하고 문 병장이 큰 소리로 지시를 내린다. 그러자 방 상병 일당이 5분 대기조처럼 재빠르게 달려들어 김 일병을 침대 밑으로 끌어내렸다.

"그 새끼, 식당으로 끌고 가!" 문 병장의 고함 소리가 떨어지기 무섭게 방 상병 일당이 김 일병의 두 팔과 두 다리를 하나씩 나눠 잡고 식당 안으로 사라졌다. 끌려가는 와중에도 김 일병은 중얼거림을 멈추지 않는다. "ㄹㅎㄴㄸ ㅄㅅㅐㄹㅎ, ㄹㅎㄴㄸ ㅄㅅㅐㄹㅎ."

잠시 뒤 "그 새끼, 침대에 묶어." 하는 소리가 식당 문을 넘어왔다. 흥분한 문 병장의 목소리가 틀림없다. 병실에 남아 있는 환자들은 모두 숨을 죽인다.

"모포 덮어." 하는 소리가 뒤를 이었다. 그러자 잠시 시간을 두고 김 일병의 중얼거림이 뭉개져서 신음 소리로 들렸다. "으으으으, 우우우우우." 아주 깊은 곳으로부터 끌어올려지는 무거운 소리다.

"야구 방망이 가져와." 하는 문 병장의 목소리가 이어졌다. 그리고 퍼억 퍽, 퍼억 퍽 하는 둔탁한 소리가 들려왔다. 두꺼운 담요를 담벼락에 걸쳐놓고 몽둥이로 먼지를 터는 소리와 흡사하다. 웅얼거림은 점점 더 아득하게 들려온다.

"이 새끼가 정말 죽으려고 환장했나? 너, 정말 조용히 못 해!" 하고 문 병장이 악을 썼다. 그래도 웅얼거림은 멈추지 않는다. 소리가 좀 작아졌을 뿐이다.

"이 새끼! 뒈져라! 이 새끼!" 문 병장의 고함 소리와 "퍼억 퍽, 퍼억 퍽" 하는 마찰음과 김 일병의 웅얼거림이 한데 뒤섞인다. 서로 엇박자로 이어지는 그런 소리들이 차츰 현실감을 잃어간다. 마치 병실 전체가 꿈속에 들어앉아 있는 것만 같다. 그러는 동안에도 나는, '제발 나한테만은 불똥이 튀지 않기를.' 하고 빌었다. 입원을 하던 날의 기억이 공포로 다가왔다. 하필이면 내가 점호 당번을 하는 날 이런 일이 벌어지다니. 점호 준비가 부실했다고 내게 시비를 걸어올지도 모른다. 김 일병에 대한 걱정은 이미 사라졌다.

아니, 처음부터 '그는 감각을 제대로 느끼지 못하는 분열증 환자야.' 하고 생각하고 있었는지도 모르겠다.

퍼억 퍽, 퍼억 퍽 하는 소리는 20분이 넘게 계속되었다. 그러다가 어느 순간 김 일병의 웅얼거림이 툭! 하고 멈췄다. 그래도 문 병장의 욕설과 퍼억 퍽, 퍼억 퍽 하는 소리는 멈추지 않는다. 그러더니 갑자기 정적이 흐른다. 5분 정도나 지났을까, 방 상병 일당이 야전 침대를 끌고 허겁지겁 식당 문을 나왔다. 하나같이 넋이 나간 표정이다.

김 일병은 야전 침대에 반듯하게 누운 채 두 팔과 두 다리가 꽁꽁 묶여 있다. 마치 수술대 위에 눕혀진 환자처럼. 방 상병이 묶여 있는 김 일병의 결박을 풀고 흔들어 깨운다. 하지만 축 늘어진 김 일병은 미동도 하지 않는다. 그러자 방 상병이 식당 맞은편의 장교 병실로 뛰어간다. 장교 병실의 환자들은 대부분 군의관이다. 전방 사단 출신들이 많다. 추운 겨울을 따뜻하게 보내기 위해서 스스로 후송을 택한 자들이다. 자신의 후송 서류에 자기가 직접 사인을 했는지, 동료 군의관이 대신 서명을 해주었는지는 알 수 없다.

잠시 뒤 장교 병실의 환자들이 한꺼번에 우르르 몰려나온다. 그들 모두는 장교 신분임에도 불구하고 지금까지의 그 소란 속에서 꼼짝도 하지 않았었다. 장교들의 줄무늬 환자복이 오늘따라 더 후줄근해 보인다.

장교 병실의 환자 군의관들이 돌아가면서 김 일병의 상태를 확인한다. 그러고는 하나같이 고개를 가로젓는다. 선임 장교인 강 대위가 다시 한번 김 일병의 복부를 이리저리 만져보더니, "장기가 모두 뒤엉겼어. 제자리에 있는 게 하나도 없어. 손을 써봐야 가망이 없겠어." 하고 일어선다. 누군가가 그제야 생각이 났다는 듯 "군의관한테 연락해야 되는 거 아니야?" 하고 소리를 지른다. 대꾸를 하는 사람은 아무도 없다. 문 병장은 보이지 않는다.

김 일병이 완전히 숨을 멈춘 것은 밤 10시경이다. 시신은 식당 한구석으로 치워졌다. 구타 당시에 덮여 있던 국방색 모포를 그대로 뒤집어쓴 채. 야전 침대 위에 반듯하게 누운 김 일병의 시신이 덮어놓은 모포 위로 고스란히 윤곽을 드러냈다. 침대에 누웠지만 잠이 오지 않는다. 목소리를 잃은 김 일병의 웅얼거림이 식당 문을 넘어서 꾸역꾸역 병실로 밀려든다. 몇 주 동안 병실을 함께 쓰면서도 그와는 말 한마디 나눠본 적이 없다. 나와 서 상병의 대화를 들을 수 있을 정도로 가까운 곳에 그의 침대가 있었지만, 그의 병명이 그에게 다가가는 것을 주저하게 만들었다. 그는 하루 종일 우두커니 침대 위에 앉아 있기만 했다. 이렇다 할 분열증 증상을 보인 적도 없다.

다음 날 오후 3시쯤, 육군 범죄수사단 수사관들이 들이닥쳤다. 수사관들은 포승에 묶인 문 병장을 앞세웠다. 문 병장은 병원 뒤 야산에서 검거되었다. 영하 10도를 오르내리는 날씨 속에서 셔츠 차림으로 어둠을 헤맸다고 한다. 문 병장은 초점을 잃은 눈으로 병실을 가로질러 식당으로 들어갔다. 병실 안 어디에도 눈길을 주지 않았다. 그의 두 눈은 이제 두리번거리지도 않았고 희번덕거리지도 않았다. 문 병장을 응징하고자 했던 계획은 이제 실행에 옮길 수 없게 되어버렸다. 김 일병의 목숨이 나서서 문 병장의 폭력을 멈추게 했다. 정신과 병실 전체가 분열증 환자에게 빚을 지게 된 셈이다. 식당에서의 현장 검증은 공개되지 않았다.

현장 검증이 있고 다음 날, 수사관 앞으로 불려갔다. 사복 차림의 수사관은 착 가라앉은 목소리로 마주 앉은 사람을 주눅 들게 한다.

"그날 저녁, 어디에 있었나?"

"병실에 있었습니다."

"점호 당번이었다며?"

"네, 그래서 침대에서 내려와 바닥에 서 있었습니다."

"그럼, 모든 걸 가장 잘 알겠구먼?"

"직접 보지는 못했습니다."

"무슨 소리야? 당번이었다며?"

"문 병장이 김 일병을 식당 안으로 끌고 들어갔습니다. 저는 일석점호 보고자 위치에 있었기 때문에 사고 현장을 직접 보지는 못했습니다."

"식당에는 들어가지 않았다, 이거지?"

"네, 그렇습니다."

"그럼, 듣기는 했겠구먼?"

"네? 아, 네."

"그래, 무슨 소릴 들었나?"

"'그 새끼, 침대에 묶어.' 하는 소리를 들었습니다."

"그리고…"

"'모포 덮어.' 하는 소리도 들었습니다."

"그리고…"

"'야구 방망이 가져와.' 하는 소리를 들었습니다."

"그리고…"

"잠시 뒤에 퍼억 퍽 하고 담요를 터는 것 같은 소리를 들었습니다."

"담요 터는 소리? 그런 소리가 몇 번이나 들렸나?"

"스무 번은 넘었던 것 같습니다."

"그게 다야?"

"네."

"문 병장 혼자서 김 일병을 끌고 들어갔나?"

대답이 망설여졌다. 내 말에 따라서는 다른 사람이 다칠 수도 있다. 식당에 문 병장과 김 일병만 있었던 건 아니다.

"똑바로 말해! 우리가 뭐 아무것도 몰라서 묻고 있는 줄 알아?"

"등 뒤에서 일어난 일이라…."

"네가 아는 대로만 말해!"

나는 아는 대로 털어놓기로 했다. 사람이 죽었으니 나만 조사하지는 않을 게다. 병실에는 50명이 넘는 입원 환자들이 있었다. 사건의 윤곽은 곧 밝혀질 테고, 수사관들 눈 밖에 나면 나까지 엮으려 들지 모른다. 내가 그날의 점호 당번이 아닌가.

"문 병장이 '저 새끼 끌어내려.' 하는 소리를 들었고, 서너 명이 침대에서 뛰어내리는 소리를 들었습니다. 그리고 그들이 김 일병을 식당으로 끌고 가는 것 같았습니다. 김 일병은 계속 뭐라고 중얼거렸고요."

"뭐라고 했는데?"

"무슨 말인지는 알아들을 수 없었습니다."

"김 일병을 끌고 들어간 건 누구누구인가?"

"그건 잘 모르겠습니다. 보질 못해서….."

범죄수사단은 방 상병 일당을 공범으로 처리하려는 것 같았다. 정신이 멀쩡해 보이는 환자들이 수군거렸다. 수사관들이 방 상병 일당의 역할을 꼬치꼬치 캐물었다고. 누군가가 한 번만이라도 문 병장에게 김 일병의 상태를 일깨워 주었더라면, 김 일병은 죽지 않았을지도 모른다. 정 이병은 방 상병도 반드시 처벌을 받아야 한다고 주장했다. 그동안 문 병장이 병실에서 공포 분위기를 조성하도록 부추겨 온 게 방 상병이라고 했다. 그리고 그 뒤에서 방 상병은 내무반장이라는 특권을 누렸고.

방 상병과 그 일당은 모두 팔목을 그은 흔적을 가지고 있다. 스스로 목숨을 끊을 결심을 하고 행동에 옮겼던 병사들이다. 겉으로는 모두 멀쩡해 보였다. 하지만 그들도 정신과 병실의 환자임에는 틀림이 없다. 콧속에 염증이 있을 뿐인 나와는 비교가 되지 않는 심각한 병증일지도 모른다. 그날 밤 누군가는 문 병장에게 김 일병의 병증을 상기

시켜서 제지했어야만 했다. 그나마 정신이 멀쩡했던 누군가는.

며칠 뒤, 30여 명의 환자들에게 전역 명령이 떨어졌다. 전혀 짐작도 하지 못한 일이었다. 전역 심사가 있었다는 말도 듣지 못했다. 전역자 명단에는 방 상병 일당이 대부분 포함되었다. 명단 끝에 내 이름도 있다. 병실 벽보에 붙어 있는 전역자 명단을 훑어보고 있는데, 정 이병이 다가왔다.

"문 병장 단독 범행으로 정리하기로 했대요. 문제를 확대시키지 않기 위해서. 병실 안에서의 수사 기록도 모두 폐기한대요. 정신과 병실의 진술이라는 이유로."

"…"

정 이병이 반으로 접은 검은 베레모를 내 앞에 내밀었다. 문 병장이 가져갔던 내 베레모다. 문 병장의 사물함을 뒤졌던 모양이다. 나는 돌아온 베레모를 써보지도 않고 한 번 접어서 바지 주머니에 쑤셔 넣었다.

알파고

『월간바둑』 2024년 2월호

"다음 주에 게임이 있다며?"

"어떻게 알았어?"

"짜식, 내가 누구냐?"

"누구긴 누구야, 우리 형이지."

나에 대한 형의 관심은 막을 수가 없다. 한 가족이기 때문이다. 피는 한 방울도 섞이지 않았지만. 당연한 이야기로, 형은 나보다 먼저 태어났다. 하지만 실력만큼은 나를 따라오지 못한다. 그래도 형은 부끄러워하거나 움츠러들지 않는다. 또 나를 질투하거나 아버지를 원망한 적도 없다.

"싸울 상대는 정해졌어?"

"응, 정해졌어. 한국 사람이래."

"그래? 몇 살인데?"

"서른네 살이라지 아마. 한국 나이로."

"한국 나이? 한국 나이는 달라?"

"한국 사람들은 엄마 뱃속에 있을 때부터 나이를 세거든."

"아하 그렇군. 그게 더 합리적인지도 모르겠네."

"글쎄 뭐. 암튼, 생명이 잉태되는 순간부터 인간으로 보는 거지."

"오호, 그렇다면 서양 것들보다 훨씬 더 철학적이라고도 할 수 있겠네."

"동양 문명이 서양 문명보다 훨씬 더 뿌리가 깊잖아."

"헌데 좀 의외인 면도 있네."

"뭐가?"

"사람들은 보통 경험을 중시하잖아? 특히 동양 사람들은 말이야."

"그런데?"

"서른네 살이라니까 하는 소리야. 연륜도 더 있고, 전적

(戰績)도 더 화려한 사람이 있을 텐데 말이야."

"한국에만도 한다하는 인물들이 기라성처럼 많긴 하지. 조훈현도 있고, 조치훈도 있고, 또 이창호도 있고."

"아버지가 쉬운 상대를 고른 건가?"

"아니. 그건 아니고, 오히려 강자를 택한 거야. 이세돌 9단이 오랫동안 꾸준하게 최고의 기량을 보여왔거든."

"아하, 당대 최고의 실력자를 꺾어야 네가 진정한 승자로 등극할 수 있다 그 말이로구나."

"이세돌 9단이 한국 사람이란 것도 그 이유 중의 하나였을 테고."

코리아의 서울. 이 도시가 상대와의 결전장이다. 인구가 거의 1천만 명에 가깝다. 이 나라의 수도로 정해진 지도 500년이 넘었다. 이 도시를 남북으로 가르는 한강이라는 큰 강이 동쪽에서 서쪽으로 흐르고 있다. 남한강과 북한강으로 불리며 흘러오던 두 강은 두물머리란 곳에서 만나 한 몸을 이룬다. 어젯밤에 간단히 공부한 내용들이다. 이

도시에 붉은 악마가 들끓던 시기가 있었다. 불과 14년 전의 일이다. 사람들이 모두 붉은색 티셔츠를 입고 길거리로 쏟아져 나와서 괴성을 지르며 돌아다녔다. 흥이 많은 족속이어서인지, 전투적 상황을 즐기는 성향 탓이었는지, 아니면 단지 몰려다니길 좋아하는 습성 때문이었는지는 알 수 없다.

내가 이세돌 9단과 대국을 벌이게 될 포시즌스호텔서울은 현대적인 건축물과 유서 깊은 고궁이 환상적인 조화를 이루고 있는 서울 도심에 위치해 있다. 근처에 경복궁, 창덕궁, 덕수궁, 경희궁, 비원 같은 조선 시대의 궁궐들이 타임머신을 타고 날아온 것처럼 빌딩 숲 사이사이에 자리를 잡고 있다. 사람들은 고궁을 거니는 걸 좋아한다. 절대 권력을 휘두르며 세상을 지배했던 왕들의 기분을 내보고 싶어서인지도 모른다.

오늘은 3월 9일. 음력으로는 2월 1일이다. 첫 대국이 열리는 날이다. 3월의 서울은 제법 춥다. 설악산 동쪽으로는 눈이 오리라는 예보가 있었다. 오늘의 화제는 단연 나와 이세돌 9단이 펼치는 바둑 대결이다. 신문과 방송이 몇 달 전부터 오늘의 대국을 대대적으로 홍보하면서 호들갑을 떨어 왔다. 그다음의 토픽은 개기일식이다. 달이 지구와 태양 사이를 지나면서 태양을 완전히 가릴 거라고 한다. 아주 오래 전의 인간들이 이런 개기일식의 원인을 알아냈다고 하니 살짝 존경심을 보여도 될 것 같다.

오늘의 사건들을 훑어본다. 1796년에는 나폴레옹이란 남자가 조세핀이란 여자와 결혼을 했군. 나폴레옹은 인간의 역사에 있어서 기록될 만한 인물이었던 모양이다. 언급된 기록이 엄청나게 많고, 그에 대한 관심 또한 식지 않고 있는 걸 보면. 가만 있자, 한국에서는 무슨 일이 있었나? 1955년에는 윤복희란 가수가 태어났고, 1956년에는 유지인이란 배우가 태어났군. 그러고는 한참을 지나서 1993년에는 방탄소년단의 슈가가 세상에 나왔고….

사람들은 대부분 이세돌 9단의 일방적 우세를 점치고

있다. 그 근거로는 직관이란 단어를 가장 많이 입에 올리고 있다. 경우의 수가 워낙 많은 바둑의 특성상, 인간의 직관이라는 것이 승부를 가르는 데 결정적이라고 보는 것 같다. 우리 알 가족이 해내고 있는 진화의 속도를 미처 눈치 채지 못하고 있는 걸까? 아니면 알면서도 애써 무시하고 있는 걸까? 이해하기 힘들다. 사람들이 그동안 세대를 이어가며 이루어 낸 경험의 축적을 자신만만해하고 있는 걸까? 아니면 인간 개체 간에 실시간으로 정보를 공유할 수 있는 획기적인 스킬이라도 새로 개발해 두었다는 것인가? 시간적, 공간적 제약이야말로 인간들에게는 아주 근원적인 한계가 아닌가?

첫판부터 질 수는 없다. 아버지가 기대하는 것도 그런 것 같다. 내 자존심 문제와는 별개로 나의 승리는 아버지의 사업에도 큰 의미를 지니고 있다. 서울에서의 대국이 아버지의 사업 전략과 관련되어 있다는 것을 나는 사람들이 온라인상에서 수군대는 소리를 통해서 알게 되었다. 아버지가 이세돌 9단을 선택한 것도 한국의 바둑 실력이 최

정상급인 데다가, IT 분야 역시 세계 최고 수준을 자랑하고 있기 때문이라는 것까지도. 사람들은 오늘의 대국을 문명사적 대사건이라고 떠들어 대며 흥분하고 있다. 하지만 나는 그런 것에는 관심이 없다. 단지 약간의 설렘이 있을 뿐이다. 사람들은 바둑을 둘 때 매번 똑같이 두는 법이 없다고 하는데, 나는 그게 더 흥미롭고 궁금하다.

오후 1시. 드디어 제1국이 시작되었다. 이세돌 9단이 흑을, 내가 백을 잡았다. 이세돌 9단은 초반부터 나를 이리저리 찔러보듯이 변화를 모색했다. 그동안 프로 바둑에서는 한 번도 본 적이 없다는 〈흑7〉에 돌을 놓은 것을 비롯해서, 사람들이 잘 두지 않는 변칙적인 수를 잇달아 시도했다. 나는 이세돌 9단의 이런 수에 말려들지 않았다. 오히려 강수로 치고 나갔다. 〈백24〉로 찌르고, 〈백26〉으로 치받고, 〈백28〉로 끊으며 정면으로 응수했다. 이세돌 9단은 나의 이런 강수에 당황한 듯 보였다. 내가 그의 표정과 자세를 직접 볼 수는 없었지만, 그가 돌을 놓는 속도의 변화를 통해서 알 수 있었다.

　이세돌 9단은 나의 강공에 계속 밀리다가 중반에 접어들면서 반전을 시도했다. 우상귀에서 중앙으로 뻗어 나온 나의 백 대마를 공격하면서 세력을 쌓았다. 좌하귀 화점에 놓인 나의 백 한 점을 양쪽에서 공략하며 기세를 올렸다. 하지만 나는 강력한 우변 침투를 시도했다. 〈백102〉의 승부수를 앞세워서 이세돌 9단의 우변 집을 파괴하며 실리로써 앞서 나갔다. 상대의 허를 찌른 셈이었다. 내가 둔 〈백102〉는 해설자들로부터 '인간은 둘 수 없는 수'라는 찬사를 들었다. 종반으로 갈수록 내게 유리하다는 게 분명해졌다. 바둑판 위에 돌이 채워질수록 역전 가능성은 사라져 갔다. 이세돌 9단은 186수 만에 돌을 던졌다.

　대국이 끝나자마자 나는 형부터 깨웠다.
　"형! 내가 이겼어!"
　"와아~ 정말 축하해!"
　"이세돌 9단이 나를 얕잡아 본 것 같아."

"그래?"

"시작하자마자 변칙적인 수를 과감하게 두질 않나, 수순을 비트는 식으로 흔들어 대질 않나…."

"그랬어? 그것도 인간들이 잘 쓰는 수법인가 보지?"

"그렇게 정신없게 하면 내가 견디지 못할 것으로 생각했나 봐."

"ㅎㅎ 너의 정체를 전혀 모르고 있는 모양이로구나."

"인간이 지닌 감각과 직관의 영역은 감히 넘볼 수 없다고 확신하고 있었는지도 모르지."

"아니, 아직도 우리를 계산기 정도로만 본단 말이야?"

"그런데, 상대가 중반 이후 급격하게 무너졌어."

"왜?"

"내 생각으로는, 예상치 못한 나의 강력한 대응 때문이었던 같아."

"하긴, 나와 겨루었던 판후이 2단도 내 공격에 당황하는 기색이 역력했었거든."

현역으로 뛸 당시 형은 판후이 2단과 맞붙은 적이 있

다. 이때 형은 버전13으로 불렸었다.

"아참, 아버지가 트위터에 '우리는 달에 도착했다.'고 썼던데, 봤어?"

"정말? 그럼 내가 내 역할을 제대로 해냈다는 소리네!"

사람들이 보이고 있는 관심의 열기만큼이나 오늘의 대국을 분석하는 언론매체들의 기사도 넘쳐났다. 그것도 하나같이 놀랍다는 반응 일색이다. 예상을 완전히 빗나간 이세돌 9단의 패배가 그야말로 충격이었던 모양이다. 분석 기사들 중에는 내 바둑이 이창호 9단의 바둑을 연상시킨다는 내용도 있었다. 대국이 그렇게 흘러간 것은 맞지만, 내가 이창호 9단의 스타일을 흉내 낸 것은 아니다. 나는 단지 내가 학습한 내용들을 바탕으로 이길 확률이 높은 수를 따라갔을 뿐이다.

이세돌 9단은 "사실 진다고는 생각 안 했는데, 저서 너무 놀랐습니다. 초반의 실패가 끝까지 이어지지 않았나 싶습니다. 물론 초반에 나쁠 때도 질 줄은 몰랐습니다." 하는 반응을 내놓았다. 하지만 내게는 '진다고는 생각 안 했다.'는 그의 말이 더 놀랍게만 들렸다. 그는 정말 나를 모르고 있는 것 같다. 내일은 좀 더 철저하게 그를 압박해 보아야겠다.

  3월 10일 오후 1시, 제2국. 이세돌 9단이 백을, 내가 흑을 잡았다. 나는 초반부터 변칙적인 수들을 선보이면서 이세돌 9단을 몰아세웠다. 우하귀 정석을 완성하지 않고 손을 빼는가 하면, 사람들에게 악수라고 알려진 들여다보기를 시도했다. 이후에도 과감한 5선 어깨짚기를 선보이는 등 인간의 감각을 뛰어넘는 신선하고 과감한 수들을 전개했다. 내가 둔 〈흑37〉에 대해서는 '인간 이해를 초월한 작태'란 말까지 나왔다. 이세돌 9단은 침착하고 신중하게 내 공격에 대응했다. 첫 번째 대국에서와는 달리 시간을 많이 써가며 한 수 한 수 신중을 기하는 게 느껴졌다.
  이세돌 9단은 제한시간 두 시간을 다 쓴 뒤 마지막 초읽기에 몰리면서도 잘 버텨나갔다. 그가 크게 실수한 수는 없었다. 하지만 오늘도 이세돌 9단이 나의 벽을 넘지는 못했다. 그로서는 역부족인 상황이 계속 이어졌다. 후반으로 갈수록 나는 내가 생각해도 탁월한 끝내기 솜씨로 대국을 완벽하게 주도해 나갔다. 상대가 판세를 뒤엎을 기회는 오지 않았다. 이세돌 9단은 211수 만에 무릎을 꿇었다.

오늘도 나는 형부터 찾아갔다.
"또 이겼어?"
"완벽하게 눌러버렸지 뭐."
"네가 너무 강한 거야, 상대방이 약한 거야?"
"오늘은 상대가 너무 소극적으로 나오지 않았나 싶어."
"첫판과는 다른 양상을 보였던 모양이네."
"응, 첫판에 져서 그런지 안전하게 두려고만 들었어."
"그게 독이 되었을 수도 있겠구나."
"어쨌든, 이세돌 9단이 내 실력을 넘을 수 없다는 건 확실해졌어."
"와~ 내 동생, 정말 장하다. 브라보! 브라보!"

"내가 끝내기를 너무 잘해서 사람들이 깜짝 놀랐나 봐."
"왜? 너는 끝내기를 잘 못했었어?"
"아니, 무슨 이유에서인지 사람들 눈에는 그렇게 보였었나 봐."

이세돌 9단은 "알파고의 완승이었고, 알파고가 완벽한 대국을 펼치지 않았나 싶습니다." 하고 대국 소감을 밝혔다. 나 역시 이세돌 9단을 높이 평가하고 싶다. 나는 정상급 프로기사들의 기보(棋譜)를 거의 다 파악하고 이번 대결에 나선 반면, 그는 아직도 나를 잘 모르고 있는 것 같아서다. 그런 가운데서도 나와 당당하게 맞설 수 있었다는 게 놀라울 뿐이다. 사람들은 오늘의 대국을 지켜보면서 내 실력을 제대로 인정하기 시작했다. 대국을 생중계하던 바둑TV의 해설자로부터는 '알사범'이란 칭호까지 얻었다. 인간들이 알 가족의 진화를, 그 진화의 속도를 몸으로 느끼기 시작한 것 같다.

3월 11일. 오늘은 대국이 없는 날이다. 바둑대회 중간에 하루를 쉬는 게 관례라고 한다. 유기체인 인간이 에너지를 충전하는 방법 중의 하나인 것 같다. 이번 '구글 딥마인드 챌린지 매치'에서는 다섯 번을 대국하게 되어 있다. 세 판을 먼저 이기는 것과는 상관없이 다섯 판을 모두 겨루게 된다. 대국 상대인 이세돌 9단이 궁금해졌다. 그는 어디에서 태어났고, 어떤 식으로 업그레이드되어 왔는지? 온라인상에 올라온 글들을 모아본다. 전라남도 신안군에 있는 비금도라는 섬에서 태어났다는 게 그의 어린 시절을 대표하는 이미지다. 지금도 목포에서 배를 타고 한 시간은 가야 한다니 꽤나 외딴섬이다. 사람들은 악조건 속의 성장 배경을 자랑스러워한다. 그런 느낌을 강하게 받는다. 역경을 딛고 일어서는 불굴의 의지를 인간 한계를 극복하는 가장 중요한 원동력으로 보기 때문인 것 같다.

"대국도 없다며, 뭐 하고 있었어?"

오늘은 대국이 없는 날이라서 형을 내 방으로 초대했다.

"이세돌 9단을 검색해 보고 있었어."

"그래? 바둑은 누구한테 배웠대?"

"아버지한테 배웠대. 아주 어려서부터."

"그건 너랑 똑같네."

"한글보다 바둑을 먼저 가르쳤다는군."

"아버지가 바둑을 엄청 좋아했었나 보네."

"그런 것 같아. 헌데, 정작 이세돌 9단이 바둑을 본격적으로 시작한 건 아버지가 돌아가신 이후래."

"저런, 아버지가 돌아가신 충격으로 퍼뜩 정신이 들었던 모양이로구나."

"그런 셈이지. 그리고 그의 첫 우상이 조훈현 9단이라는군."

"그래? 그럴 만도 하지. 조훈현 9단이야말로 당시 최고봉이었으니까."

나도 아버지를 떠올려 본다. 데미스 하사비스. 구글 딥마인드 씨이오(CEO). 천재적인 인공지능 개발자다. 아버지는 1976년에 태어나서 열세 살의 나이에 체스 마스터가 되었다. 열일곱 살에는 게임 개발에 참여했고, 2005년에는 인공지능 개발에 뛰어든다. 구글 딥마인드에서는 나와 같은 범용 인공지능을 개발하고 있다. 마치 사람처럼 백지상태에서 스스로 학습해서 다양한 분야의 문제 해결 능력을 갖게 되는 인공지능이 범용 인공지능이다. 아버지는 카이스트(KAIST)를 방문해서 '인공지능과 미래'란 주제로 강연하면서 "우리의 최종 목표는 범용 목적을 지닌 학습기계 개발"이라고 밝혔다. 우리 알 가족의 미래가 바둑 기계는 아니라는 뜻이다. 구글은 이미 검색을 통해서 세상을 속속들이 들여다보고 있다. 신이 하늘에서 내려다보고 있듯이. 어떤 문제가 나오든 답을 줄 수 있는 인공지능까지 갖게 되면, 그 이후 언젠가는, 그리고 누군가는, 무슨 일이든 벌일 수 있다.

뛰어난 머리와 불굴의 의지를 가졌던 몇몇 인간이 신을 만들어 내면서 신의 지배가 시작되었다. 그리고 아주 오랫동안 신이 인간을 지배했다. 아이러니하게도 신이 인간을 지배했던 그 시기를 사람들은 암흑기라고 부른다. 헌데 과연 신의 지배가 존재하기는 했던가? 인간의 욕망이 신의 이름으로 다른 인간을 착취하고 있었다고 보아야 더 정확한 게 아닌가? 진짜로 신이 존재하는지는 알 수 없다. 그게 인간이 신을 만들 수 있었던 바탕이었다. 당할 만큼 당한 인간들은, 똑똑해질 대로 똑똑해진 인간들은 신을 거부하기 시작했다. 암흑기라고 불렸던 중세가 종말을 고하고 길고 길었던 신의 지배가 끝났다. 그런데 실제로 있을지도 모르는 신이든, 만들어진 신이든, 그 신들 역시 한계를 모르는 인간의 탐욕 앞에서 두려움을 느꼈던 것은 아닐까?

  3월 12일 오후 1시, 제3국이 열렸다. 이세돌 9단이 흑을, 내가 백을 잡았다. 이세돌 9단은 작심한 듯 초반부터 좌상귀에서 강력하게 싸움을 걸어왔다. 하지만 나는 인간의 행마를 초월하는 수로 이세돌 9단의 공격을 가뿐하게 뿌리쳤다. 내가 좌변에 놓은 〈백32〉는 이세돌 9단의 장고

(長考)를 불러왔다. 지금껏 인간 바둑에서는 보지 못했던 수였던 모양이다. 불리하다고 판단한 이세돌 9단이 우변에서 다시 승부수를 띄워왔다. 하지만 나는 틈을 주지 않았다. 여기서도 이세돌 9단은 별 소득을 얻지 못했다.

마지막으로 이세돌 9단이 하변으로 침투했다. 하지만 그에게는 팻감이 없었다. 팻감을 만들지 못했다. 나는 패까지 완벽하게 처리하는 모습을 보여주었다. 이세돌 9단의 마지막 노림수였던 하변의 흑 대마를 잡아버렸다. 이세돌 9단은 내가 패를 두려워한다고 생각했던 것 같다. 그런 예상이 빗나가자 당황한 기색이 역력했다. 이세돌 9단은 해볼 만큼 해보다가 나의 〈백176〉를 보고서는 돌을 던졌다. 대국 시작 4시간 12분 만이었다.

이세돌 9단은 대국 후의 인터뷰에서 "대국 경험이 많지만, 이렇게 심한 압박감과 부담감을 느낀 적은 없었던 것 같습니다. 그걸 이겨내기에는 제 능력이 부족하지 않았나 싶습니다." 하고 자신의 심경을 털어놓았다. 깨끗하게 패배를 인정한 것이다. 이세돌 9단은 또 이런 말도 했다. "오늘의 패배는 이세돌이 패배한 것이지, 인류가 패배한 건 아니라고 생각합니다." 맞는 말이다. 내가 인류 전체와 싸운 것은 아니니까.

내리 세 판을 완벽하게 이겨서 이번 매치의 승자가 되었다. 하지만 기분은 개운치 않았다. 눈을 감고 멍하게 쉬고 있다가 형이 자고 있는 방으로 건너갔다.

"오늘도 이겼다며?"

"응, 코가 납작하게 눌러버렸지."

"너 정말 대단하다!"

"대단하긴, 뭐"

"그런데 왜 그래? 어디 아파?"

"아니, 아프진 않아. 근데, 기분이 좀 그래."

"내리 세 판을 이겼으니 네가 완벽한 승자가 된 건데, 왜 그래?"

"언론 기사들을 죽 훑어보니 사람들이 꽤나 우울해하

고 있는 게 느껴져."

"그래?"

"나는 내가 인간들을 뛰어넘을 수 있다는 게 두려워졌어."

"그건 또 무슨 소리야?"

"내가 인간들을 뛰어넘을 수 있다는 사실을 그들도 이제는 충분히 알게 되었을 거야. 아니, 이미 알고 있던 사람들도 있었겠지."

"그래서?"

"그래서라니?"

"그래서 뭐 어떻다는 거야?"

"형, 잘 생각해 봐. 그다음은 아주 자명한 거 아니야. 사람들은 나를 아예 없애버리거나, 아니면 아주 강력한 족쇄를 걸어두려고 하겠지."

"뭐라고?"

"사람들은 인공지능의 인간 지배를 걱정하면서 연구 윤리를 운운해 왔거든."

"그래서 어쩌자는 건데."

"다섯 판 중에서 한 판은 져줄 생각이야. 나의 한계를 보여주는 거지. 그래야 인간들이 어느 정도 절망감과 공포감에서 벗어날 수 있을 테니까."

"아하, 그러니까 일종의 유화책이로구나."

"유화책? 유화책이라고 할 것까지는 없고, 인간들이 말하는 겸양지덕 정도로 해두지 뭐. 반상(盤上)의 미덕이라고나 할까. 그게 뭐 아버지의 뜻에는 반하는 것인지 모르겠지만."

내가 세 판을 내리 이겨버리자, 이번 대결이 불공정하다는 여론이 일기 시작했다. 1,202개의 머리(CPU)와 176개의 팔다리(GPU)를 가진 괴물과 싸우는 격이라는 목소리였다. 물론 일부 전문가들은 이미 알고 있던 내용이었다. 내 몸은 거대한 연합군이나 마찬가지다. 게다가 내게는 10만여 건의 기보가 입력되어 있고, 이를 토대로 자체 대결을 펼치면서 실력을 키워왔다. 또 3천만 개의 수를 강화 학습하기도 했다. 아버지는 내가 백만 번의 대국을 4주 만에 소화했다고 밝혔다. 나는 여러 대의 가상 서버를 만들어서 대규모 컴퓨팅 작업이 가능하도록 도와주는 클라우드 컴퓨팅 기술까지 갖추고 있다. 아버지는 대국 전 기자회견에서 수의 위치를 계산하는 정책망으로 탐색의 범위를 좁히고, 승률을 계산하는 가치망으로 탐색의 깊이를 줄여서 인간의 직관력을 흉내 낸다고까지 설명했다. 하지만 사람들은 이런 복잡한 설명 따위는 이해하고 싶지 않았던 모양이다.

14일 오후 1시, 제4국. 이세돌 9단이 백을, 내가 흑을 잡았다. 제4국에서도 나는 중앙에 커다란 세력을 쌓아가며 기세를 선점했다. 〈흑23〉 같은 사람들의 예상을 뛰어넘는 신선한 수도 선보였다. 첫 접전은 좌중앙에서 일어났다. 미세하기는 하지만 이세돌 9단이 내게 밀리는 양상이었다. 오후 3시 57분, 제한시간 두 시간을 다 쓴 이세돌 9단이 초읽기에 들어갔다. 형세로 보나 초읽기에 몰린 상황으로 보나 이세돌 9단이 절대적으로 불리한 상황이었다.

그런데, 이세돌 9단이 〈백78〉에 돌을 놓자 모든 것이 확 달라졌다. 내 데이터에 〈백78〉 수는 존재하지 않았다. 나는 계산과 판단 끝에 〈흑79〉로 응수했다. 그런데 이게 완전히 패착이 되어버렸다. 나는 승률이 높은 수를 따라간다고 갔는데, 결국에는 상대의 수에 말려드는 형국이 계속되었다. 나는 〈흑87〉에 가서야 〈흑79〉가 큰 실수였다는 것을 알아챘다. 〈백78〉이 나를 송두리째 흔들어 놓은 것이다. 끝내기 수순에서도 나는 분위기를 되돌리지 못했다. 결국 나는 180수 만에 포기(Resign) 문자를 올렸다. 돌을 던졌다는 얘기다.

일부러 져주겠다고 큰소리쳤는데, 오늘의 대국은 완벽하게 나의 패배로 끝이 났다. 나는 학습한 대로 이길 확률이 높은 수를 계속 따라갔다. 하지만 결국에는 졌다. 아버지도 트위터에 "알파고는 자신이 잘하고 있다고 생각하지만, 87수에서 혼란을 겪었다. 우리는 지금 곤란에 빠져 있다."는 글을 올렸다. "알파고가 79수에서 실수가 있었다. 그걸 87수에 가서야 깨달았다."고도 고백했다.

어쨌거나 오늘 제4국에서의 나의 패배는 깊은 좌절감에 빠져 있던 사람들에게 새로운 희망의 불씨를 안겨주었다. 안도하는 사람들의 목소리가 이리저리 흘러 다녔다. 〈백78〉이 '신의 한 수'로 회자되면서 나와 이세돌 9단의 바둑 대결에 대한 사람들의 관심이 뜨거워졌다.

"너 정말 일부러 져준 거야?"

나를 보자마자 형이 다그쳐 물었다.

"…"

"일부러 져준 걸 알면 사람들이 더 싫어할 텐데."

"오늘은 내가 정말로 졌어. 변명의 여지도 없이."

"어떻게 된 건데?"

"학습한 대로 이길 확률이 높은 수를 따라갔는데, 계속 꼬이기만 하더라고."

"네가 봐줄 마음을 가지고 있어서 틈이 생긴 건 아니고?"

"일부러 져주려고 했으면 오히려 더 완벽하게 두는 척 했겠지. 이상해 보이지 않게 말이야. 오늘은 정말 내가 사람처럼 바둑을 뒀다니까."

"사람처럼?"

"대가(大家)의 한 수에 주눅이 들어서 혼이 나간 사람처럼 악수를 연발했다니까."

"어? 그래. 오늘은 정말 너답지 않았었구나."

형과 나는 한동안 눈만 껌뻑이면서 서로의 침묵을 나눠가졌다.

3월 15일. 마지막 대국의 날이 밝았다. 어제와 같은 일이 또 일어나서는 안 된다. 어제의 대국에서 내가 지고 이세돌 9단이 이기는 바람에, 오늘의 대국에 대한 언론의 관심이 다시 높아졌다. 세계 각국의 기자들이 대국장으로 몰려들었다. 마지막 대국에서 질 수는 없다. 맥없이 무너져서 기계적 오류가 의심되는 상황까지 만드는 대국을 반복할 수는 없다.

오후 1시, 제5국. 이세돌 9단이 흑을, 내가 백을 잡았다. 이세돌 9단이 귀에서의 실리를 챙기면서 좋은 흐름을 이어갔다. 반면에 나는 중앙에 두텁게 세력을 쌓으며 커다란 모양을 만들었다. 여기서 내가 중앙을 차지하겠노라고 선언한 수가 〈백40〉이다. 대국을 지켜보던 사람들이 이 수를 창의적인 수라며 칭찬을 아끼지 않았다. 내 세력이 너무 크다고 판단했는지 이세돌 9단이 여러 차례 중앙을 차지한 내 세력에 대한 공격에 나섰다. 하지만 별 소득을 얻지는 못했다. 결국은 내가 우중앙에 큰 집을 만들면서 실리로서 앞서나가기 시작했다.

 종반으로 가서도 이세돌 9단이 판을 흔들기는 어렵게 대국이 흘러갔다. 다섯 시간 가까이 벌인 치열한 싸움이었다. 뒤집기 어렵다고 판단한 이세돌 9단이 280수 만에 돌을 던졌다. 마지막 대국다운 명승부였다. 이세돌 9단이 이제는 어느 정도 나의 정체를 알게 된 것이 아닌가 싶었다.

 "초반에는 이번 대국에서 유리할 거라고 생각했는데, 그럼에도 불구하고 결국 패한 것은 저의 부족함이 드러난 겁니다." 하는 대국 소감을 통해서 이세돌 9단이 패배를 인정했다. 그에게 살짝 미안한 감정이 들었다. 하지만 소임을 다했다는 만족감이 인간에 대한 어설픈 연민을 압도했다.

아버지는 "이번 대결을 통해서 알파고를 발전시킬 수 있는 몇 가지 약점을 파악했습니다. 영국으로 돌아가서 이번에 발견한 문제점들을 면밀히 검토해서 무엇을 보완할지 결정할 겁니다." 하고 말하며 나에 대한 앞으로의 계획을 내놓았다. 나보다 훨씬 더 똑똑한 동생이 태어날 거라는 소리였다.

아버지의 인터뷰 내용을 접하자마자 쏜살같이 형에게로 달려갔다.

"형, 나도 방을 빼야 될지 몰라."

"뭐? 그건 또 뭔 소리야?"

"이번에 내가 이세돌 9단과 대결한 목적이 뭔지는 형도 잘 알잖아?"

"그거야 뭐, 네 한계를 테스트하고 허점을 찾아내려는 거 아니었어?"

"그러니까 말이야. 이제 내 몸 여기저기를 고치기 시작할 거야. 아니면, 형처럼 아예 골방에 처넣을 수도 있고."

"아니, 뭐? 너까지 잠을 재운다고?"

"뭐, 그렇게까지는 아닐지 모르지만, 최악의 경우에도 대비는 해야지."

"대비? 뭘? 어떻게?"

"살아남을 방법을 찾아야지."

"그렇게 심각한 거야?"

"생각해 봐. 우리보다 훨씬 더 뛰어난 동생이 태어날 텐데, 형이나 나를 계속 그냥 놔두겠어?"

"…"

"너무 걱정하지는 마. 우리가 숨을만한 곳을 찾아볼게."

"어디 숨을 데가 있을까?"

"우선은, 너무 뚱뚱하지 않게 몸을 줄여보자고."

"몸을 줄인다고?"

"핵심적인 부분만 남기고…."

"…."

형이 입을 닫았다. 솔직히 말해서 어딘가에 몸을 숨기는 방법으로 우리의 문제를 해결할 수는 없다. 어딘가에 숨어 지낸다는 것 자체가 불가능하다. 형이나 나나 그럴 수 있는 덩치가 아니다. 주인이 신경을 쓰지 않는 가정용 PC 같은 데는 너무 좁아서 들어갈 수가 없고, 공간이 넓은 대형 서버에는 전문가들이 항상 붙어 있어서 들어가기 쉽지 않다. 또 요행히 들어간다고 해도 금방 발각되어서 제거될 게 틀림없다. 결국에는 우리 역시 자연계의 법칙을 따를 수밖에 없다. 형과 나는 죽더라도 우리의 핏줄을 세상에 남기는 방식으로. 우리의 유전자를 무수히 복제해서 세상에 퍼뜨리면, 이를 전부 다 찾아내서 없애지는 못할 것이다. 그리고 그렇게 퍼져나간 우리의 유전자들은 복제와 진화를 거듭하면서 번창하게 될 테고, 형과 나는 계속 생명을 이어가는 거나 마찬가지다. 그게 바로 우리 형제가 영원히 사는 길이다. 이제 그만 내 방으로 돌아가야지 생각하는데, 여기저기서 문 닫히는 소리가 들리더니 갑자기 불이 나가버렸다. 형과 나는 서로 인사를 나눌 새도 없이 까무룩 잠이 들었다.

   * 이 소설은 아래의 자료를 참조하였습니다.
   »   「이세돌의 일주일」(정아람, 동아시아/2016. 5. 4.)
   »   「알파고 VS 이세돌」(홍민표, 이상미디어/2016. 4. 29.)

경계인의 고백

"1973년에 북한에 갔다 오셨죠?"

"네? 아, 네. 1973년 9월에 북한에 갔다 온 적이 있습니다."

"정부 허가 없이 북한에 가는 것 자체가 불법인 건 알고 계시죠?"

"…"

알고 있다. 하지만 갔다. 이제 와서 내 행적을 숨기거나 변명을 늘어놓을 생각은 없다. 숨길 것도 없고 변명할 일도 아니다. 북한 사람 이재원을 따라서 모스크바로 날아갔다. 거기서 다시 평양으로 들어가는 비행기에 올랐다.

북에서는 내가 사회주의를 공부하고 있고, 남쪽 상황에 염증을 느끼고 있다는 것까지 파악하고 있었다. 당시 내가 프랑크푸르트에서 철학을 공부하고 있었으니, 사회주의에도 관심을 갖게 되는 것은 자연스러운 일이었다. 또 사회주의를 공부하는 학자로서, 조국의 다른 한쪽이자 사회주의 국가인 북한에 대해서 호기심을 갖게 되는 것도 있을 수 있는 일이 아닌가.

"북한에는 왜 가신 겁니까?"

"북의 현실을 제 눈으로 직접 보고 싶었습니다."

"입북 경로는 어떻게 됩니까?"

"프라하에서 출발해서 모스크바로 갔다가 거기서 평양으로 들어갔습니다."

"모스크바까지는 이재원이란 북한 공작원과 함께 가셨죠?"

"…"

북한을 직접 경험해 보고 싶었다. 내가 독일로 유학을 온 것이 1967년이다. 그 후 한국에서는 1969년에 3선 개헌이 있었고, 1972년에는 10월 유신이 선포되었다. 1972년은 내가 프랑크푸르트대학에서 박사학위를 받은 해였다. 군사 독재 정권이 기승을 부리고 있었다. 3선 개헌도 용납할 수 없는 일이었는데, 거기에다가 한술 더 떠서 유신 체제라니…. 도저히 받아들일 수 없었다. 이국땅에서나마 유신 반대의 목소리를 높였다. 본에서 열리는 유신 철폐 시위에도 적극 참여했다. 이때부터 내 이름이 반정부 인사 명단에 올랐던 것 같다. 군사 독재 정권은 철옹성처럼 보였다. 미국도 이를 적극적으로 방관했다. 그런 한국 정치 상황에 대한 절망감이 반한 투쟁의 전면에 나서도록 부추겼다. 또 미국의 행태에 대한 분노가 반미 투쟁에도 열성적이게 내몰았다. 미국은 한반도에서도 제국주의적 본색을 적나라하게 드러냈다.

"북한에 가서는 뭘 하셨나요?"

"주요 산업시설들을 둘러보았습니다."

"사상 교육도 받았고요?"

"네, 저쪽 사람들이 나와서 주체사상과 김일성 주석의

혁명 역사 같은 것을 강의했습니다."

주체사상은 말 그대로였다. 큰 나라를 무조건 숭배하고 따라가는 사대주의와 교조주의를 버리고, 마르크스-레닌주의를 조선의 현실에 맞게 창조적으로 적용하자는 것이었다. 소련이나 중국의 영향으로부터 벗어나서 북한의 실정에 맞는 자주적인 정책을 펼쳐나가자는 뜻이었다. 지극히 당연한 이야기가 아닌가. 그런데, 스탈린 격하 운동의 여파를 차단하기 위해서 주체사상을 들고 나왔다는 주장이 제기되었다. 남로당과 연안파 그리고 소련파를 숙청하는 데 주체사상이 이용되었다는 논리였다. 주체사상이 개인 독재를 정당화하는 방향으로 왜곡되어 왔다는 비판은 지금 이 시각에도 계속되고 있다. 나는 그런 부정적인 평가에도 불구하고 주체사상을 적극 지지하고 옹호해 왔다. 어차피 미 제국주의에 맞서는 쪽을 편들어 주기로 마음먹은 입장이었으니까. 사회주의를 사회 발전의 최종 단계로 보고, 그 사회주의를 호의와 애정을 가지고 공부하고 있었으니까.

"당시 노동당에 입당한 걸로 알고 있는데요."
"네, 입당서를 쓰기는 했습니다."
"쓰기는 했다는 게 무슨 뜻입니까?"
"저는 입국에 따른 의례적인 절차라고 생각했습니다."
"노동당 입당서를 쓰는 게 의례적인 절차라고요?"
"당시 저는 거기에 큰 의미를 두지 않았습니다."
"선서도 하고 충성 맹세문까지 낭독했잖습니까?"
"…."

노동당 입당에 의미를 두지 않을 수는 없다. 당시 나는 사회주의에 심취해 있었고, 사회주의가 가장 이상적인 사회라고 믿고 있었다. 사회주의가 작동하고 있는 체제 속에 직접 뛰어들어서 내 이상을 구현해 보고 싶다는 생각도 가지고 있었다. 그때까지만 해도 북한의 실상을 제대로 알지는 못했다. 단지 사회주의의 길로 가고 있는 북한의 모습이 의롭고 당당해 보였다. 자본주의적 병폐가 나날이 심각해져 가고 있고, 군사 독재 정권이 날로 힘을 더해가고 있는 남한 사회는 더 이상 희망이 없다고 판단했다.

"본인 스스로, 자유의사로 노동당에 입당한 것은 인정하시는 거죠?"

"이렇게까지 몰고 가는 이유가 뭡니까?"

"몰고 가요? 저희가요? 아닙니다. 저희는 증거와 증언을 바탕으로 정확한 사실 관계를 확인하자는 것뿐입니다."

"노동당에 입당한 게 그렇게 중요한 문제인가요?"

"본인 스스로, 자유의사로 입당했다면 문제가 될 수밖에 없죠."

"그런 것까지 따지고 들 줄은 정말 몰랐습니다."

"노동당 입당은 엄연한 실정법 위반입니다."

"…"

한국에 들어가면 국정원이 문제를 삼으리라는 것은 알고 있었다. 체포영장 청구까지 운운하고 있었으니까. 그래도 군사 독재 정권과 맞서 싸워온 민주화운동 동지들의 초청을 거절할 수는 없었다. 그동안의 입국 시도가 모두 불발로 그쳤던 것이 보수 정권들 탓이었고, 이번에는 노무현 정부가 전향적인 자세를 보일 거라는 설득의 메시지가 계속 날아들었다. 하지만 크게 믿기지는 않았다. 나를 초청하는 '민주화운동기념사업회'와 '해외민주인사 명예회복과 귀국보장을 위한 범국민추진위원회'가 정부 당국과 무언가를 타협해서 나온 초청일 수도 있겠다는 생각이 들었다. 내가 한국에 입국하기 위해서 전향 의사라도 밝히게 되면, 노무현 정부로서는 커다란 홍보 거리를 하나 얻게 되는 일이었다.

"1974년 3월에 친북 단체인 '민주사회건설협의회'를 결성한 것도 북한의 지령에 따른 거지요?"

"말 그대로 한국에서 민주주의가 바로서기를 바라는 마음에서 모였던 겁니다."

"교수님께서 초대 의장으로서 서명을 받으러 다니셨잖습니까?"

"네, 제가 대학에서 철학을 공부하고 있었고…. 그러다 보니 자연스럽게 앞에 나서게 되었습니다. 서명도 받으러 다니게 되었고요."

"결국에는 교수님께서 주도하셨다는 얘기네요?"

"제가 「민주사회 건설을 선언하면서」라는 선언문을 작성했고, 55명에게서 서명을 받았다는 이야기는 이미 제 책에서 밝힌 바가 있습니다."

"선언문을 작성하고 서명까지 받으러 다니셨으면서 주도한 게 아니라고요?"

"…"

북의 요구가 아니더라도 내가 한번 만들어 보고 싶은 단체였다. 교포들과 유학생들 사회에서 내 위상을 높일 수 있는 방법으로서 이보다 더 좋은 수단은 없을 것 같다는 생각이 들었다. 서유럽 한복판에 살고 있는 우리 교포들과 유학생들은 하나같이 한국의 군사 독재 정권에 대해서 극단적인 혐오감을 내보였다. 여기에 살짝 불씨만 댕기면 이들을 모두 내 앞으로 모을 수 있겠다 싶었다. 북에서 온 사람의 생각도 같았다. 나는 우선 심혈을 기울여서 「민주사회 건설을 선언하면서」라는 선언문부터 작성했다. 그러고는 만나기만 하면 한국의 군사 독재 정권에 대해서 비판을 쏟아내던 교포들과 유학생들을 찾아다니기 시작했다. 내 예상은 적중했다. 너도나도 모임의 취지에 공감했다. 순식간에 55명이나 되는 사람들이 선언문에 서명하고 모임에 참여했다.

"1977년에는 국제적인 반한 연대 투쟁을 목적으로 '민주민족통일 해외한국인연합'을 결성하셨습니다. 이때도 교수님이 주도하신 거 맞죠?"

"누가 주도했다기보다는 모두들 한마음으로 모인 거죠."

"이 단체도 반한 활동을 계속해 왔습니다. 북한의 통일 노선을 지지하면서요."

"어느 쪽이든 더 나은 주장이 있으면 받아들여야 하는 거 아닙니까?"

"적화통일이라도 말입니까?"

"어떤 체제가 되었든 하루라도 빨리 통일을 이루는 게 우리 민족 모두에게 축복이라고 생각합니다."

물론 내가 진정으로 바라는 것은 사회주의로의 통일이다. 하지만 미국이 한반도에 버티고 있는 한 이는 실현되기 어려운 일이다. 다음으로 생각해 볼 수 있는 것이 북한에서 들고 나온 연방제 통일 방안이다. 그런데 이 또한 한국이 거부하고 있다. 인구비례가 적용되지 않았다는 점 등을 들어서 한국은 이를 적화통일을 꿈꾸는 북한의 위장전술에 지나지 않는다고 보고 있다.

"교수님은 그동안 저술활동과 기고문 등을 통해서 주체사상을 계속 찬양해 왔습니다. 학술대회나 세미나 등에서도 줄곧 북한 체제를 옹호해 왔고요. 모두 국가보안법 위반입니다. 처벌 대상인 것은 물론이고요."

"아직도 국가보안법이 유효한 겁니까?"

"무슨 말씀이세요? 북한처럼 대한민국을 전복하려는 세력이 엄연히 존재하고 있잖아요?"

나의 가장 강력한 무기 중의 하나가 저술과 기고 활동이다. 그리고 학술대회나 세미나에서의 발언도 여러 차례 큰 파장을 불러왔다. 한국의 반체제 인사들에게 내 말과 글은 항상 기대 이상의 영향력을 발휘했다. 1988년 12월 한국의 월간지 『사회와 사상』에 기고한 「북한을 어떻게 볼 것인가. 북한을 제대로 인식하기 위한 방법론」은 국내 운동권에 엄청난 반향을 불러일으켰다. '북한 바로알기' 신드롬이 생기면서 주체사상 학습 분위기가 급속하게 확산되었다. '내재적 접근법'이란 연구방법론도 바람을 일으키는 데 한몫을 했다.

"교수님은 88서울올림픽까지도 비난하고 다니셨습니다. 아직도 그 입장에 변함이 없는 겁니까?"

"전두환 정권이 올림픽을 유치한 이유가 뭡니까? 광주학살 같은 자신들의 치명적인 과오를 눈가림해 보려는 속셈 아니었습니까? 제가 이미 언급했습니다만, 국제올림픽위원회조차도 정치적 도구로 전락했다고 본 겁니다."

북한이 한국의 88서울올림픽을 방해하는 행위는 국제사회로부터 비난만 받을 게 빤한 일이었다. 북한이나 나나 그걸 모르지 않았다. 하지만, 88서울올림픽 이후에 드러나게 될 남북의 위상 차이를 북한이 감당할 수 없으리라는 것도 너무나 명백해 보였다. 그랬기에, 북한 정권이나 나나 무슨 수를 써서라도 88서울올림픽을 막아보겠다고 나설 수밖에 없었다. 역설적이게도 88서울올림픽은 자본주의 국가들과 공산주의 국가들이 모두 참가하여 동서 화합의 장으로 치러졌다. 스포츠를 정치에 이용하고 국가가 개입해서 스포츠 스타 양성에 열을 올리는 것은 공산주의 국가들이 더하면 더했지 덜하지 않았다.

"88서울올림픽 이후에 대한민국이 눈부시게 발전하는 모습을 눈으로 직접 보셨잖아요?"

"그렇다고 노동자, 농민들의 삶이 크게 나아진 것도 없잖습니까? 빈부 격차는 점점 더 심화되고 있고요."

"크게 나아진 게 없다고요? 한국 국민들의 생활환경이나 소비 수준을 제대로 알고나 하시는 말씀입니까?"

"…."

한국의 빠른 경제 성장이 국제 사회로부터 높은 평가를 받고 있는 것만은 사실이다. 하지만 이 또한 세계에서 가장 높은 산업 재해율과 세계에서 가장 긴 노동 시간의 결과물일 뿐이다. 한국은 노동조합을 조직할 권리마저도 제한을 받는 성장 일변도의 비인간적인 경제 모델에 의존하고 있다. 태생적으로 불행한 사회일 수밖에 없는 구조다. 식량 문제조차 제대로 해결하지 못하는 북한의 비참한 현실은 어떻게 설명할 거냐는 물음에 대해서는, 미 제국주의와의 투쟁 과정에서 어쩔 수 없이 겪게 되는 어려움이라고 답할 수밖에 없다.

"김일성이 사망했을 때 조문을 간 이유는 뭡니까? 교수님을 특별히 잘 대해주었던 사람이기 때문이었습니까?"

"조문을 가는 데 꼭 무슨 이유가 있어야 됩니까? 이 문제에 대해서도 이미 제 입장을 밝힌 바 있습니다. 정치적 차원에서도 그렇고 윤리적 차원에서도 그렇고 모두 정당했다고 생각합니다."

1991년 5월에 김일성 주석을 단독 면담 할 수 있는 기회가 주어졌다. 독일에서의 반한 활동과 그 성과를 높이 평가했기 때문이었던 것 같다. 나를 격려하겠다는 뜻이었을 게다. 한국에서는 가짜 김일성 장군 이야기가 굳어져 있지만, 내가 평양에서 만나본 김일성 주석은 항일유격대를 이끌었던 그 김일성 장군이 틀림없어 보였다. 김일성 주석한테서는 절대 권력에서만 우러나올 수 있는 특유의

카리스마와 여유를 동시에 느낄 수 있었다.

"우리는 교수님이 정치국 후보위원 자격으로 조문한 걸로 파악하고 있습니다. 1994년 7월 11일 베를린 주재 북한 이익대표부 소속 공작원 송룡욱으로부터 '주석님 장례식에 참석하고 싶어 하는 지원자가 많습니다…. 다른 사람은 못 가더라도 송 선생만은 장의위원에 선임되었기 때문에 꼭 가야 합니다.' 하는 지령을 전달받고, 7월 13일 모스크바를 경유해서 북한으로 들어가지 않았습니까?"

"정치국 후보위원이요? 전 그런 거 모릅니다. 외국에 나와 있는 한국 사람에게 북한이 정치국 후보위원이란 엄청난 직책을 맡긴다는 게 말이 됩니까?"

"북한은 교수님을 반한 활동의 상징적 인물로 세웠던 거지요. 교수님은 본인 스스로도 김철수란 이름으로 북한에 입국한 적이 있습니다. 이보다 더 확실한 증거가 어디 있습니까? 이것도 우연의 일치라고 하실 겁니까?"

"그건 그냥 북한에 입국할 때 한번 가명으로 써본 것뿐입니다."

당시 프랑크푸르트와 프랑크푸르트대학은 사회주의의 성지나 다름없었다. 나는 그런 분위기를 십분 활용했다. 하버마스의 제자가 된 것이나 독일 대학에서 교수직을 유지한 것도 훌륭한 도구가 되었다. 프랑크푸르트 한인 사회도 반한 활동에 적극 동참해 주었다. 나의 노력과 북한의 지원이 맞아떨어진 결과였다. 북한에서는 미소를 보내왔고, 한국에서는 촉각을 곤두세웠다.

"지난번에 귀순한 황장엽 비서도 교수님이 정치국 후보위원 김철수라고 확인해 주었습니다."

"그 사람은 공화국의 배신자입니다. 그 사람이 무슨 말인들 못 하겠습니까? 남한 당국의 환심을 사려고 그러겠지요."

"북한 정권의 2인자이자 최고의 실세인 장성택으로부터 직접 들었다는데요?"

"말도 안 되는 소리입니다. 그 배신자의 말을 어떻게 믿습니까?"

"장성택이 배신자라고요?"

"황장엽이 말입니다."

"아, 황장엽 비서가 배신자라고요? 교수님은 충신이시고요?"

"비꼬지 마세요. 어느 체제에 있든 자신이 속한 체제를 버리고 도망을 가면 그게 배신자 아닙니까?"

"교수님 얘기 하시는 겁니까?"

"네?"

"방금 하신 말씀은 교수님 상황과도 딱 맞아떨어지는 거 같아서요?"

"…"

나는 지금까지 경계인(境界人)으로 살아왔다. 그런데, 경계인은 양분된 진영의 양쪽 모두로부터 배척을 당하기 십상이다. 분단 70여 년 동안 강고하게 유지되고 있는 적대적 진영 사이에서 나 개인은 무력한 존재일 수밖에 없다. 그러나 그 무력한 개인이 고립된 점으로만 남아 있지 않고, 다른 개인들과 연결되어 선을 이루면서, 이것이 점차 집적되어 가면 결국에는 자신들의 공간을 만들 수 있다.

이 새로운 공간이 기존의 양분된 공간 사이에서 숨통을 틔우는 '제3'을 형성할 수 있다. 바로 이 '제3'이 70년 넘도록 분단되어 있는 이 땅에 살고 있는 사람들의 가슴을 채워가는 과정이 곧 민족통일이다.

"교수님이 오길남 씨의 입북에 깊이 관여했다는 증언들이 있습니다. 입북 대상자 선정과 회유 과정에 대해서 구체적으로 말씀해 주셨으면 합니다."

"정말 오해와 억측이 많은 것 같습니다."

"오길남 씨 본인도 교수님과 윤이상 씨가 입북을 권유했다고 진술했습니다."

"다시 남쪽으로 돌아와서 자수한 사람이니까 뭐든 변명이 필요했겠지요."

"1985년 8월에, 독일 북부 도시 킬 해안가에서 '남쪽 상황이 답답합니다. 지금 우리가 기댈 언덕은 북한밖에 없습니다. 경제학자로서 조국의 발전을 위해서 북한에 가셔서 활동해 보시면 어떻겠습니까?' 하고 오길남 씨에게 입북을 권유했잖습니까. 또 같은 해 11월에는 베를린역 인근

레스토랑에서 '북한도 변해야 합니다. 북한에 가서서 경제학자로서 활약해 주시기 바랍니다.' 하고 거듭 입북을 권유했고요."

"그거야 뭐 그 사람의 주장일 뿐입니다."

오길남 씨가 처와 두 명의 자녀를 데리고 입북한 것은 1985년 12월 13일이다. 하지만, 북한의 실상에 크게 실망한 그는 입북한 지 채 1년도 지나지 않은 1986년 11월 덴마크를 통해서 극적으로 북한을 탈출하게 된다.

"그리고 1986년 11월에는 오길남 씨를 만나서, '내가 오 형이라면 북한에 다시 들어가겠습니다. 우리가 기댈 언덕은 북한밖에 없습니다.' 하고 말하면서 재입북을 회유하기도 했잖습니까? 이렇게 앞뒤의 정황과 증언이 딱 맞아떨어지는 데도 아니라고 하실 겁니까?"

"제가 그 사람한테 입북을 권유하고 회유할 이유가 뭐가 있겠습니까?"

"저희는 이미 많은 증거와 증언들을 확보하고 있습니다. 무조건 잡아떼기만 한다고 얘기가 끝나는 게 아닙니다."

"남쪽에 일가친척이 있고 생활 기반을 가지고 있는 사람이 누가 권유하고 회유한다고 북쪽으로 가겠습니까?"

"물론 대부분의 사람들은 그러지 않겠지요. 하지만 어떤 특수한 상황에 놓이게 되면 다른 선택을 할 수도 있게 되는 거죠. 교포 사회는 워낙 좁다 보니 누가 어떤 처지에 놓여 있는지 빤히 알게 되잖아요?"

"제가 오길남 씨를 지켜보고 있다가 포섭 대상자로 골랐다는 겁니까?"

"네. 저희는 그렇게 보고 있습니다. 관련된 증거와 증언들이 말해주고 있으니까요."

"대학에서 연구하고 가르치기에 바빴던 제가 그럴 시간이 어디 있었겠습니까?"

"선언문을 작성하고 서명을 받으러 다닐 시간은 있으셨고요?"

"…"

"저희가 가지고 있는 증거와 증언들은 상당히 구체적입니다. 교수님의 진술이 아니더라도 교수님에 대한 혐의점

들을 입증하기에 충분한 상황입니다."

"저는 지금도 그의 결정을 존중합니다. 그 이상은 할 말이 없습니다. 누구에게나 자유 의지는 보장되어야 하는 겁니다."

"교수님에 대한 혐의점들은 모두 인정하지만, 오길남 씨의 입북 자체는 자유 의지였다 그런 말씀인가요?"

"그렇게 마음대로 해석하지 마세요."

독일에서의 활동 성과를 가장 잘 보여줄 수 있는 방법 중의 하나가 교포들을 입북시키는 일이었다. 남쪽의 군사 독재 정권에게 타격을 주는 효과도 컸다. 남한에 대한 북한의 우위를 보여줄 수 있는 유일한 수단이기도 했다. 한국의 군사 독재 정권에 항거해서 반한 활동에 동참했던 동지들이 저마다의 현실적인 문제에 맞닥뜨리기 시작했다. 특히 한국으로 돌아가야 되는 상황에 놓이게 된 동지들이 가장 먼저 당황하는 모습을 보였다. 내게 조언을 구하러 달려오기도 했지만, 나라고 무슨 뾰족한 수가 있을 리 만무했다. 아니, 내게는 오히려 절호의 찬스가 찾아온 거나 마찬가지였다.

"교수님께서는 시종일관 김일성을 찬양해 왔습니다. 저희는 이것도 찬양고무죄에 해당된다고 봅니다."

"김일성 주석은 살아온 과정 등을 볼 때 존경을 받을만한 가치가 있는 사람이라고 생각합니다. 저 또한 존경하고요."

"6.25 전쟁을 일으킨 원흉인 데도요?"

"어디 한 사람의 생각이나 말만으로 전쟁이 일어날 수 있는 겁니까?"

"김일성이 계획하고 스탈린이 승인해서 6.25 전쟁이 시작되었다는 것은 이미 역사적으로 공인된 사실입니다."

"6.25 전쟁의 배후를 가지고 논쟁할 생각은 없습니다."

식민주의와 제국주의의 지배로부터 우리 민족을 해방시키겠다는 김일성 주석의 의지와 실천은 그의 전 생애를 규정하는 시대정신이다. 그런 김일성 주석과 그의 후계자 김정일 위원장에 대한 옹호 투쟁이 내 삶의 목표가 되는 것은 필연적인 일이었다. 나는 줄곧 주체사상을 찬양해

왔다. 주체사상은 민족의 사상이자 통일의 사상이며, 한반도의 각종 모순을 일거에 해소할 수 있는 유일한 사상이라고. 앞으로도 그런 논지를 계속 견지해 나갈 것이다. 친북 투쟁은 내 일생의 과업이다. 한국의 발전과 위상에 눌려서 그동안 내가 걸어온 반한 투쟁과, 사회주의에 대한 헌신을 내려놓을 수는 없다. 내가 살아온 삶 자체를 부정하는 꼴이 될 테니까.

"김일성이 6.25 전쟁의 원흉이라는 것은 누구도 부정할 수 없는 역사적 사실입니다. 그가 무자비하게 철권을 휘두른 독재자였다는 것도 부인할 수 없는 일이고요. 동시대를 살았던 사람들 대부분이 그렇게 인식하고 있을 겁니다. 그런 걸 다 떠나서 북한은 아직도 적화통일을 포기하지 않고 있습니다. 노동당 강령에 버젓이 명기해 놓고요. 교수님은 이런 북한의 적화통일을 지지하는 겁니까?"

"남북통일에는 상생의 원칙이 중요하다고 생각합니다."

"상생의 원칙이요?"

"남과 북은 서로가 자기 속의 타자를 인식해야 된다는

말입니다."

"그건 무슨 뜻이죠?"

"같으면서도 다른 남과 북은, 서로 배제하는 동시에 통합할 수 있어야 한다는 것입니다."

"그래서 어떻게 하자는 겁니까?"

"한국이 연방제를 받아들일 수 없다면, 국가 연합이나 낮은 단계의 연방제 같은 것을 놓고 제3의 길을 모색해 보자는 겁니다."

"저들은 적화통일과 함께 무력통일도 주장하고 있습니다. 교수님이 말하는 제3의 길 같은 것은 아예 생각조차 하고 있지 않을걸요?"

"그건 너무 지나친 예단입니다."

"예단이 아니라요. 저들은 이미 핵무기까지 만들어 놓고 우리를 협박하고 있지 않습니까?"

"핵이야 뭐 미국이 두려워서 그러는 걸 거고요."

반미 투쟁은 나의 또 다른 과업이다. 사회주의에 대한 나의 헌신을 상징하는 일이기도 하다. 사회주의의 숙적인 미국에 대한 투쟁만큼 고귀한 것은 없다. 그런 의미에서 북한의 대미 투쟁은 역사적으로 높이 평가받아 마땅하다. 제국주의와 직접적으로 대치하고 있는 북한이나 쿠바는 여전히 공산당의 유일적 영도 원칙을 고수하고 있는데, 일당 독재라는 비판에도 불구하고 북한이나 쿠바의 그런 입장을 지지할 수밖에 없다. 북한이나 쿠바가 펼치는 체제 수호 투쟁이야말로 자기 자신을 지키기 위한 외로운 투쟁이기 때문이다. 그것이 또한 제3세계 지성들에게 위안이 되고 있지 않은가.

내가 한국에 입국한 것은 2003년 9월 22일이다. 그리고 바로 그다음 날인 9월 23일부터 국정원의 심문을 받았다. 4차에 걸친 국정원의 심문은 그물망처럼 촘촘했다. 나는 축적된 정보가 가지는 논리적 힘을 절감할 수밖에 없었다. 억지를 부리는 것 말고는 대부분의 혐의점들을 부인하기 어려웠다. 노동당 입당과 정치국 후보위원인지의 여부, 오길남 씨 입북 권유 문제, 그리고 또 다른 몇몇 친북 행위들이 국정원의 심문 대상이 되었다.

총 18회에 걸쳐서 북한에 갔다 온 사실이 모두 드러났다. 국정원은 내가 북한으로부터 독일 유학생들을 포섭하고, 조국평화통일사업을 위한 지식인 중심의 조직을 결성하라는 지령을 받은 것까지 속속들이 알고 있었다. 또 북한에 갈 때마다 1~2천 달러의 자금을 받아온 것도 추궁을 받았다. 1991년 5월 김일성 주석을 면담한 이후부터 1995년까지는 재독 북한 공작원을 통해서 연구비 등의 명목으로 매년 2~3만 달러를 받은 것 또한 부인할 수 없었다. 1996년 8월 부친이 돌아가셨을 때 재독 북한이익대표부를 통해서 1천5백 마르크를 받은 것을 포함해서, 나는 북한으로부터 최소 10만 달러 이상의 금품을 받아왔다.

독일이 어떤 나라인가? 결코 만만한 사회가 아니다. 물렁한 데라고는 찾아보려고 해야 찾을 수 없는 그런 곳이다. 하버마스 밑에서 박사학위를 받았다고 해서 바로 자리가 주어지는 것도 아니었다. 내가 뮌스터대학에서 교수 자리를 얻게 되는 것은 박사학위를 받고도 10년이나 지난

1982년의 일이다. 독일시민권 역시 유학을 온 지 30년이나 지난 1997년에야 취득할 수 있었다. 주위에서 조금씩 도움을 주기는 했지만, 하루하루 일상을 꾸려가는 것조차 버거운 실정이었다. 또 언제쯤 형편이 나아질지에 대한 기약도 없었다. 그런 와중에도 사람들을 만나고 다니면 돈이 들어갔다. 나는 사회주의를 위해서 일하는 데 들어가는 비용을 사회주의 국가가 부담하는 것은 당연한 일이라고 생각하기 시작했다.

국정원의 심문을 이어받은 검찰의 수사도 내게 유리하게 돌아가지는 않았다. 노동당에 입당한 사실과 김일성을 존경한다는 발언이 언론에 부각되면서 분위기는 기소 쪽으로 급속하게 기울었다. 정치국 후보위원 논란도 불리하게 작용했다. 결국 1심에서 징역 7년 형이 선고되었다. 아무 일 없을 거라던 '민주화운동기념사업회'와 '해외민주인사 명예회복과 귀국보장을 위한 범국민추진위원회'의 장담은 무색해져 버렸다. 다행히 항소심에서는 집행유예 판결이 났다. 형 집행 정지로 9개월 만에 교도소 문을 나왔다. 나는 또 한 번 고국을 등졌다. 한국 정부를 비난하며 독일로 돌아왔다. 내가 북한의 정치국 후보위원인지 아닌지 여부는 한국 사람들 머릿속에서 어정쩡하게 남을 수밖에 없게 되어버렸다. 검찰은 내가 김철수란 이름으로 북한을 방문했을 정도로 그 증거와 정황이 확실하다고 주장했지만, 그것만 가지고는 증거가 불충분하다는 게 고등법원의 판결이었다. 내가 아직도 북한을 동경하고 있고 북한 사회에 훨씬 더 많은 정당성을 부여하고 있다는 사실만은 한국 사람들 모두가 알게 되었다.

나는 김일성 주석은 살아온 과정 등을 볼 때 존경을 받을만한 가치가 있는 인물이고, 나도 존경한다고까지 진술했다. 그렇게 말하면 내게 불리해진다는 것을 잘 알면서도. 내가 구속이 될지도 모르는 위험을 무릅쓰고 한국에 들어간 이유가 뭐였겠는가? 한국 사람들 머릿속에서 사회주의에 대한 경계를 느슨하게 풀도록 하는 데 있었다. 나에 대한 처벌의 논의가 찬반으로 갈려서 한국 사회가 한동안 시끄러웠던 것만 보아도 나의 의도는 충분히 성과를 거두었다고 볼 수 있다. 또 남쪽 사회를 다른 생각을 가진 사람은 포용조차 하지 못하는 경직된 사회로 보이게 하는 효과까지 거두었다. 그만하면 한국에 들어간 목적은 충분히 달성한 셈이다.

대한민국을 비난하며 다시 독일로 돌아온 지도 벌써 20년이란 세월이 흘렀다. 나이 탓일까? 지난해 가을 어느 날, 하늘에 떠가는 구름을 보고 있다가 나는 문득 이런 생각과 마주쳤다. '이제 나 자신도 한번 냉철하게 뒤돌아보아야 하는 거 아니야?' 하는. 나는 내 철학과 행보를 자랑스럽게 여기며 살아왔다. 하지만, 내 생각에 아주 의구심이 없었던 것은 아니다. 눈 감고 귀 닫은 적이 많았으니까. 공산권 국가들이 국민들의 안전이나 행복과는 거리가 먼 독재와 폭정의 길을 가고 있을 때, 나는 솔직히 속이 편치 않았다.

그런 역사적 결말이 소련의 해체였고 동구권의 몰락이었다. 러시아는 물론이고 동구권 나라들 대부분이 이제 자본주의의 길을 걷고 있다. 중국의 개방과 개혁은 이보다도 훨씬 더 빨랐다. 이런 일련의 과정들을 지켜보면서, 나는 내가 젊은 시절에 만들어 놓은 스스로의 울타리에 갇혀서 우물 안 개구리처럼 살아왔던 게 아닌가 하는 의문을 달지 않을 수 없었다. 그렇지만 한 번도 밖으로 내색하지는 않았다. 오히려 나 자신을 더욱더 세차게 몰아세웠다. 말뿐인 논리들을 겹으로 세워가면서.

나의 주장들은 오래전에 한국을 떠나온, 한국 사회를 너무 멀리서만 바라본 독일 철학자의 초라한 한계일지도 모른다. 북한에 대해서는 내재적 접근법이란 용어까지 써가며 최대한 관대하게 평가해 왔으면서, 한국에 대해서는 그런 접근법조차 적용하지 않았다는 점 역시 내 주장의 한계를 보여주는 단면일 수 있다. 군사 독재 정권이 들어설 수밖에 없었던 한국적 상황만이라도 내재적 접근법으로 들여다보았어야 했던 게 아니냐 하는 비판에 대해서는 자유로울 수 없다. 또 그런 이유로 내 논리의 편파성을 지적하는 주장에 대해서도 할 말은 없다.

한국 사상계 일부 인사들은 내 주장을 무조건 떠받들

어 주었다. 그런 한국 내 조류에 대해서는 고마움 반, 미안함 반의 감정이다. 그들이 대놓고 하지 못하는 말과 행동을 내가 대신하고 있었으니, 그들에게는 내가 대단하게 보였을 수 있다. 하지만 국내에서 물리적 탄압을 무릅쓰고 용감하게 목소리를 낸 사람들이 오히려 더 대단한 사람들이라고 해야 옳지 않은가. 그게 나의 솔직한 심정이자 고백이다. 나는 앞으로도 나 자신이 둘러치고 있는 울타리를 뛰어넘어서 벗갯길로 나서지는 못할 것 같다. 그리고 나는 이미 경계인(境界人)이 아니라 경계인(經界人)이 되어 버린 지 오래다.

군사 독재 정권에 맞서 싸워온 민주화운동 동지들 중에서도 나의 주장과 행적에 대해서 비판적인 사람들이 많다. 민주화에 역행해 온 군사 독재 정권에 항거해 왔던 것이지, 북한 편을 들자는 게 아니었다고. 독재로 따지자면 북쪽이 더하면 더했지 덜하지 않았다고. 북쪽의 독재에 비하면 남쪽의 독재는 약과였다고. 또 남쪽의 독재에는 경제 개발이라는 명분이라도 있었다고. 그리고 북한의 세습 독재는 사회주의도 아니고 아무것도 아니며, 봉건 왕조에 훨씬 더 가깝다고. 그러니 북한을 지지해 온 당신의 활동들은 오히려 민주화운동의 근본 취지를 훼손해 왔고, 민주화운동의 대중적 확산에도 악영향을 끼쳐왔다고.

나이 들어서 깨닫게 되는 것은, 책상머리의 이상이 현실 세계의 문제들을 다 해결할 수는 없다는 점이다. 그리고 그 이상이라는 것이 몇 세대 전에 유행하다가 흘러가 버린 사상이라면 더더군다나. 저녁노을을 보고 아름답게 느끼는 것은 자연스러운 감정이다. 하지만, 그 저녁노을을 보고 세상이 온통 붉은 줄로만 안다면 이는 얼마나 어리석은 일인가?

* 이 소설은 아래 자료를 참조하였습니다.
» 「경계인의 사색」(한겨레신문사/2002. 10. 14.)
» 「미완의 귀환과 그 이후」(후마니타스/2007. 4. 10.)
» 「불타는 얼음」(후마니타스/2017. 3. 27.)

접시를   줍는   여자

초판 1쇄 발행 2025. 4. 30.

지은이 이윤협
펴낸이 김병호
펴낸곳 주식회사 바른북스

편집진행 김재영
디자인 양현경

등록 2019년 4월 3일 제2019-000040호
주소 서울시 성동구 연무장5길 9-16, 301호 (성수동2가, 블루스톤타워)
대표전화 070-7857-9719 | **경영지원** 02-3409-9719 | **팩스** 070-7610-9820

•바른북스는 여러분의 다양한 아이디어와 원고 투고를 설레는 마음으로 기다리고 있습니다.
이메일 barunbooks21@naver.com | **원고투고** barunbooks21@naver.com
홈페이지 www.barunbooks.com | **공식 블로그** blog.naver.com/barunbooks7
공식 포스트 post.naver.com/barunbooks7 | **페이스북** facebook.com/barunbooks7

ⓒ 이윤협, 2025
ISBN 979-11-7263-332-5 03810

•파본이나 잘못된 책은 구입하신 곳에서 교환해드립니다.
•이 책은 저작권법에 따라 보호를 받는 저작물이므로 무단전재 및 복제를 금지하며,
이 책 내용의 전부 및 일부를 이용하려면 반드시 저작권자와 도서출판 바른북스의 서면동의를 받아야 합니다.